U0585649

[美] 埃尔默·伦纳德 著
Elmore Leonard

姚向辉 译

世界图书出版公司
北京·广州·上海·西安

图书在版编目（CIP）数据

战略高手 /（美）伦纳德（Leonard，E.）著；姚向辉译.—北京：世界图书出版公司北京公司，2016.3

书名原文：Out of Sight

ISBN 978-7-5192-0960-5

Ⅰ.①战… Ⅱ.①伦… ②姚… Ⅲ.①长篇小说—美国—现代 Ⅳ.①I712.45

中国版本图书馆CIP数据核字（2016）第 062713 号

战略高手

著　　者：[美]埃尔默·伦纳德

译　　者：姚向辉

策划编辑：霍雨佳

责任编辑：霍雨佳　陈俞蒨

出版发行：世界图书出版公司北京公司

地　　址：北京市东城区朝内大街137号

邮　　编：100010

电　　话：010-64038355（发行）　64015580（客服）　64033507（总编室）

网　　址：http://www.wpcbj.com.cn

销　　售：新华书店

印　　刷：北京博图彩色印刷有限公司

开　　本：880 mm × 1230 mm　1/32

印　　张：9.5

字　　数：165千

版　　次：2016年8月第1版　2016年8月第1次印刷

ISBN 978-7-5192-0960-5　　　　　　　　　　　定价：38.00元

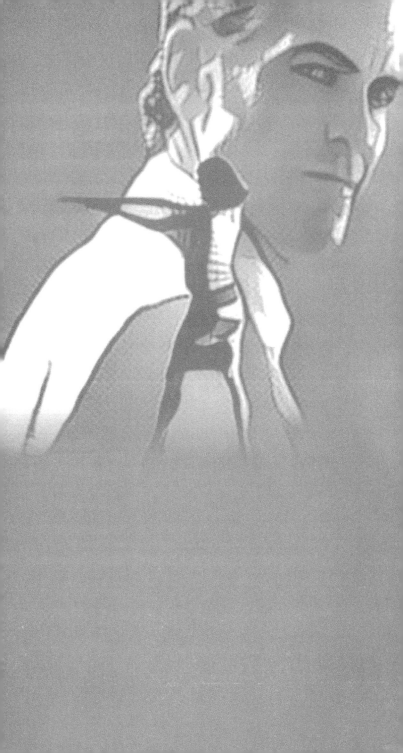

第一章

弗利没见过有哪家监狱能让你随随便便走到围栏边而不会吃子弹的。他对一个外号叫"狗哥"的警卫这么说，两人聊了起来：一个犯人和一个警卫，站在小礼拜堂和武装瞭望塔之间的阴凉处。这是红砖结构的监狱里的两幢红砖建筑物，两人都望着放风场。几百个囚犯顺着围栏一字排开，观看一场不戴护垫的橄榄球比赛，双方身穿相同的蓝色囚服，每次发球后都拼命想把对方打倒在地。

"你知道他们在干什么，"弗利说，"对吧？我是说，除了让他们发泄侵略欲望。"

狗哥说："你他妈在说什么？"

弗利进过三次监狱——两次州监狱，一次联邦监狱——外加五六次郡拘留所，这是他遇见的最白痴的看守。

"他们在打超级碗，"弗利说，"假装这是下周日的太阳魔体育场。双方都认为自己是达拉斯牛仔队。"

狗哥说："他们屁都不是，两边没一个是。"

弗利稍稍转身，看着警卫的侧脸：帽舌耷拉下来包着太阳镜。茶色衬衫，深棕色肩章，颜色相同的长裤，腰带上挂着对讲机和手电筒，没有武器。

弗利打量他的块头，和自己身高相仿，都是六英尺一。不同的是穿蓝色囚服的弗利没什么赘肉，警卫比他重大概四十磅——分量主要加在警卫的腰部，茶色衬衫裹着他活像香肠的肠衣。

弗利扭头继续看比赛。

他看见一个敏捷的黑人跑出来接球，防守方一个同样敏捷的黑人杀出来，抱颈阻截放翻他。队伍里有少数几个白人，胆子和块头都不小的摩托车手，堵在锋线上互相抡拳头，一个个纷纷倒下。场上没有拉丁裔。他们站在围栏前观看，除了两个家伙肩并肩绕场跑步：逆时针，无论是这儿，还是弗利听说过的每一所监狱，囚犯绕场跑步都永远是逆时针。

这两个家伙每天跑十英里，一周七天。

他们跑到放风场的这一头，离弗利越来越近，放慢步伐，变成快走：何塞·奇里诺和路易斯·里纳瑞斯，外号奇诺和露露，丈夫和老婆，两人都是小个子，都因为谋杀在服最短二十五年的刑期。越走越慢。

今天的十英里还差得远。他们绕过这一端，沿着场地侧面向前走，经过观看比赛的罪犯，弗利的所有注意力都放在他们身上。

过了一分钟左右，他说："有人要越狱。想知道时间和地点吗？"

狗哥盯着他，眼睛在太阳镜后眯成缝儿，他判断囚犯在说实话还是在胡扯淡的时候就是这个模样。

"说的是谁？"

弗利说："狗哥啊，天下没有免费的午餐。"他还是不看狗哥。

"我给你搞点儿烈酒。"

"顺便挣一笔？不，我要的是——"弗利扭头看着他，"安静。我从没进过这么倒霉的鬼地方，我向你保证。中等设防，但绝大多数犯人都是暴力犯。"

狗哥说："你不也是其中之一？"

"就算以前是，现在也软下来了。你看那些弟兄，他们可是最凶残的一类罪犯。至于我？我可不怎么暴力，顶多小偷小摸成瘾，被关在外面就想溜门撬锁，所以他们打算把我关到老。"

狗哥还是眯着眼打量他。

"所以你想当线人了？"

"要是这么做能保证前途无忧，"弗利说，"那有什么不好的呢？我给你机会阻止越狱，你给自己挣面子，在看守的职业生涯上更进一步。我得到平静。你在这儿一天，就能照顾我一天。允许我做点小生意，让我少干体力活……"

狗哥继续盯着他。

"有多少人参与？"

"听说六个。"

"什么时候？"

"似乎是今晚。"

"知道都有谁吗？"

"知道，但我现在不能告诉你。五点半晚间点名之前咱们礼拜堂见。"

弗利盯着那双拼命打量他的眯缝眼，等待回答。

"怎么样，狗哥，想不想当英雄？"

午餐，弗利端着梅花肉炖红薯走过中央通道，在白T恤和黑头发之中寻找奇诺。看见了，他和一帮小个子同乡占据了一张餐桌，狼吞虎咽地吃奶酪通心面，刚才排队打饭时弗利没要这个。天，他那一盘像座小山。奇诺对面的男人从盘子里叉起一坨，也堆进奇诺的盘子。

他抬起眼睛，虬结的疤痕组织底下，一双黑眼睛盯着弗利，光看这个就能猜到他的职业，他年轻时是次中量级拳手，有人挡他财路，结果死在他手上。奇诺年近五十，但身材保持得很好。弗利见过他上单杠连做三十个引体向上，腿连一下都没蹬，动作像是在凭空攀登。

奇诺对他点点头，但没有吩咐餐桌前的手下起来，让出位置给他。露露坐在他旁边，托盘上整整齐齐地码着通心粉、果冻和一杯牛奶——监狱向二十一岁以下的犯人供应牛奶，打造强壮而健康的身体。

弗利和一帮歹徒车手同桌吃饭，他们购买弗利出售的半品脱装朗姆酒。弗利出钱请狗哥偷运烈酒，以三倍价格卖给他们。他坐在那儿，听歹徒们说笑话，拿他的朗姆酒和尿相提并论，然后发散讨论，觉得自己的用词特别带劲，推测那到底是什么尿，狗尿，猫尿，会不会是鳄鱼尿？他们很喜欢这个想法。弗利觉得肯定是什么非同寻常的尿，说："鸡尿怎么样？"全桌人亮出牙齿和正在咀嚼的食物，用狞笑和咕哝表示赞赏。弗利吃完东西，出去抽了根烟，等奇诺来找他。

奇诺出现了，露露跟着他——露露拥有少女般的睫毛，会气鼓鼓地看着你，可爱得不得了。奇诺用拳头说服了许多追求者，这才能够独占露露。他对弗利说过，露露进监狱之前并不是同性恋，但转变后成了此道好手。弗利对奇诺说他从没见过比他更凶残的次中量级拳手。弗利在洛杉矶抢银行的时候，见过他输给莫里齐奥·布拉沃。在拉斯维加斯的美高梅大酒店见过他时运不济，输给墨西哥小子帕洛米诺：打到第六局，奇诺的右眼肿得睁不开，裁判终止比赛，判对方胜利。弗利说："我没见过哪个拳手吃了那么多拳还能一次又一次冲上去的——洛奇除外。"奇诺的战绩是二十二胜十七负，并不算好，但那种不撞南墙不回头的劲头实在不坏。这个古巴人只允许弗利一个白人靠近他。

他搂着露露的肩膀走向弗利，胳膊滑下去，大拇指勾住露露的腰带，等于是用狗链拴着他。

弗利说："就是今天了对吧？紧张吗？"

这家伙很冷静，面无表情。

"我说过了，哥们，超级碗那个星期天。"

"对，但我看见你提前了。"

奇诺眼睛里凶光一闪。

"你为什么认为是今天？"

"你们今天早上出来跑步，坚守习惯，有眼睛的人都看得见。但你们只跑了两英里，保存体力准备大活动。然后我看见你吃了能有十磅的通心粉。都是些碳水化合物，储存能量。"

"我说过了，"奇诺说，"你想参加就一起来。"

"我会的，但我不想弄脏。"

"已经结束了。现在只需要出去就行。"

"你确定你们挖过围栏了？"

"十五米半，多一米余量。"

从监狱礼拜堂底下暗处的维修空间开始，到监狱边界外紧邻刀锋铁丝网围栏的草地。他们从圣诞节前开挖，工具仅仅是赤手和半个铁锹头。礼拜堂正在增建新的耳房，他们从建筑工地偷来木料，加固地道的墙壁。圣诞节那天，弗利碰巧撞见奇诺和露露钻出礼拜堂前的无花果树丛，黑灰和烂泥涂了一脸，但蓝色囚服干干净净。

他们在干什么？在树丛里亲热？这不是奇诺的风格，于是拳击迷弗利说："不想说就别说。"奇诺当时对他的白人朋友说："想和我们走吗？"

弗利说他不想掺和——礼拜堂底下的维修空间只有三英尺高，里面一片漆黑，说不定爬着爬着会和鼹鼠来个脸贴脸。不了，谢谢。他对奇诺说道："知道吗？你们在挖大沼泽的烂泥。我和人聊过，据说那是湿泥，会塌下来砸在你头上。"奇诺说是啊，大家都这么认为，但地道只塌过一次。只要够小心，慢慢挖，淤泥就能撑住，等到干了以后就没问题了。他对弗利说他们向下挖了四英尺，然后朝围栏的方向挖，地道宽一米高一米。每次下去一个人挖，把烂泥传出来，均匀地洒在维修空间里，这样就不会被发现了。每次下去两个人，换上放在底下的脏衣服，出来前再换回干净衣服。

圣诞节那天，弗利对奇诺说："要是我都能撞见，警卫为什么还没发现？"

奇诺答道："估计他们的想法和你一样，以为不可能在烂泥里挖地道，要么就是懒得爬到底下来看。看见我们身上脏兮兮的，他们只当我们在建筑工地干活。"

就是那天，奇诺说他们会在打超级碗的那个星期天出去，六点钟，所有人都在看比赛的时候。

但现在他们要提前五天逃跑了。

"提前完成了？"

奇诺望向放风场前端的围栏，围栏一边是行政楼，一边是靠近礼拜堂的武装瞭望塔。

"那些岗哨，看见他们在干什么吗？向外建造第二道围栏，和现在这道围栏相距五米。等到超级碗那个星期天，第二道围栏就已经建好了，我们只能再挖九天十天。所以天一黑我们就走。"

"点名时间。"

"对，等他们发现数字不对，"奇诺说，"会重头再点一遍。这样我们就有更多的时间可以逃跑了。你要是想走——我认真的——还是可以加入。"

"我没帮你们挖地道。"

"我说你可以加入，那就可以加入。"

"谢谢你的邀请。"弗利说着望向围栏和另一侧的访客停车区，前排有几辆车对着他们，离围栏只有几码。"确实很诱惑。但离文明世界还很远，到迈阿密有一百多英里呢。我年纪太大了，不适合忽然发疯，尝试玩这种花样。"

"你难道比我还老？"

"话是这么说，但你身体好——还有小露露也是。"弗利朝小基佬使个眼色，天晓得为什么被恶狠狠地瞪了一眼。"但我要出去，可不能穿这身州监狱的囚服，或者不知道该去哪儿。妈的。我才刚进来，还在司法体系里摸爬滚打呢。"

奇诺说："你混得不错，哥们。我不会担心你的。"

弗利按住小个子的肩膀。

"祝你好运，兄弟。出去了寄张明信片给我。"

有些新进来服刑的白小子每天吃过午饭就给家里打电话。他们在典狱长办公室门外的公用电话前排起长队。弗利进去把名字加在名单上，出来走到队伍最前面说："弟兄们，我有个紧急电话要打。大家不会有什么问题吧？"

大家怒视着他，但没人和他争吵。这些孩子是新来的，弗利是著名的重刑犯，抢过的银行比他们去兑过支票的银行还多。他在匿名自助会议上发言，谈论自尊，谈论怎么在监狱里求生，绝不满嘴空话。他说要是觉得会有麻烦，捞个重东西抢先扑上去。弗利喜欢的是一英尺左右长度的铅管，他不用简易小刀。简易小刀太粗鲁和卑鄙，会让你沦落到暴徒和人渣的水平上去。

不，你只需要一铅管镶在对手的下巴上，要是来得及就打断他的双手。但如果你没有瞥见对方接近，那你就完了，所以你必须时刻警惕。能告诉这些鲜肉的只有这么多。

电话是对方付费的，接听的是个女人——弗利的前妻，如今住迈阿密海滩。他说："嘿，阿黛尔，一向可好？"

她说："又怎么了？"没有怨气，只是想知道答案。

他在加州隆波克蹲七年大牢的时候，阿黛尔和他离了婚，然后迁居佛罗里达。弗利从没有为此责怪过她。

他们是在拉斯维加斯认识的，当时她是酒吧女招待，穿一身暴露的亮片衣服。某天晚上两人感觉不错，于是结了婚，然后不到一年他就进了隆波克监狱。简而言之，他们甚至都没成家。出狱后几个月，弗利来到佛罗里达，两人之间似乎开始破镜重圆，碰头喝喝酒，一起上上床……阿黛尔说她还爱他，但请你别再提结婚了，谢谢。弗利觉得很愧疚，因为他在监狱里没法供养阿黛尔，而这种感觉又把他送进了监狱。他抢了沃思湖的一家巴内特银行，打算把赃款全部交给阿黛尔，表明他的心意——结果被抓，进格雷兹监狱服刑，三十年到无期。按照如今刑期的执行标准，他至少要待四年才有资格假释。全都是因为他想当一个好男人。

他对阿黛尔说："记得那个超级碗派对吗？改日期了。今晚六点。"

电话里一阵沉默，阿黛尔说："你有次不是说电话没人监控吗？"

"我说不一定有人监控。"

"那你为什么不直说，告诉我你到底要说什么？"

"嘴贱小姐说得好，"弗利说，"你在外面的自由世界。"

"有什么自由的？我在找工作。"

"魔术师曼德勒怎么了？"

"神奇术士埃米尔。狗娘养的德国佬叫我滚蛋，另外雇了个姑娘，金发的。"

"居然换掉你？他肯定疯了。"

"埃米尔说我年纪太大。"

"做什么年纪太大？看帽子里飞出白鸽吗？你穿那身魔术师助理的小制服，迷人可爱得要死。你一眨眼就能找到新工作。放个广告好了。不对，先别打岔，"弗利说，"我打电话是因为……"

"我听着呢。"

"因为是今天，而不是星期天。六点左右，现在只剩下几个钟头了。所以你必须去找到巴迪，无论他在干什么……"

阿黛尔说："还有开另一辆车的那家伙。"

"你在说什么？"

"巴迪想用两辆车。"

"你说的是可能想。"

"好吧，他要用两辆车，所以他找了你在隆波克认识的一个人。格兰·迈克尔斯？"

弗利没有说话，回想一个年轻人，他永远戴着太阳镜，哪怕是看电影的时候。

"挺可爱，但脏兮兮的，"阿黛尔说，"头发长极了。"

但他的身体可一点也不可爱。弗利记得他总在放风场上努力晒黑自己。格兰·迈克尔斯。他按客户要求偷高级车辆，跑来跑去交货，甚至包括墨西哥。嬉皮打扮，总说女人怎么勾搭他的故事，甚至有电影明星，但弗利和巴迪一个都没听说过。他们叫他种马。

"你见过他了？"

"巴迪认为我应该见见他，以防万一。"

"万什么一？"

"我怎么知道？你问他。格兰说他觉得你酷得很。"

"确实，哈。告诉巴迪，要是见到他戴太阳镜，我就上去踩得粉碎。甚至不一定先扯下来。"

"你还是很奇怪。"阿黛尔说。

"最迟六点差一刻。但别用你的电话打给他。"

"你每次都这么说。"阿黛尔说，"求你千万小心一点。还有，别吃子弹。"

五点，弗利发现外号"精灵"的娈童犯独自黑着灯坐在礼拜堂里，这个皮包骨头的白种青年拱着肩膀坐在窗口，一叠小册子放在身旁的座位上。弗利打开灯，精灵抱着脑袋扭头张望，无疑害怕他又要挨打了——娈童犯在自认高人一等的群体里就是这个下场。

"你会弄坏眼睛的，"弗利说，"别黑灯瞎火地读灵性启迪读物了。走吧，谢谢。我得和我的救主单独谈谈。"

精灵一出门，弗利就关上灯，沿着窗户走了一遍，将棕色印染的古老窗帘降到一半，让亮度只够看见座椅的轮廓。他绕到礼拜堂的另一侧，穿过一个门洞，走向正在增建的耳房——框架已经搭好了，散发着新木料的香味，宽阔的开口尚未安装窗户。

他看着监狱木匠丢弃的木料（他们完全不把浪费当回事），视线落在一段二乘四的木梁上。

弗利本来想用铅管做他想做的事情（这儿有的是铅管），但他喜欢这段木料劈裂的形状——木梁沿着轴线逐渐变细，像是一根棒球棒。

他捡起木梁，试着挥了挥，想象一个平直球呼啸飞向放风场。监狱的半数人口聚在放风场上，他从窗户开口能看见这五六百人，他们无所事事，懒洋洋地东靠西靠，这儿没有足够的活儿给他们做。天色开始变暗，天空还剩下最后几缕红霞，哨声响起：所有人返回牢房，准备晚间点名。点名需要半小时，重新清点人数需要十五分钟，然后他们就会确定有六名囚犯下落不明。到时候他们会放狗，而奇诺和他的弟兄们在甘蔗地里狂奔。

筋疲力尽的囚犯从放风场回来，穿过一扇大铁门，走进监狱大楼。

弗利望着他们，心想：朋友，你要争分夺秒了。

他回到礼拜堂里，把木梁球棒放在一张长椅的座位上，脱掉囚服上衣盖住。

奇诺会浑身烂泥地走进礼拜堂，吩咐他的弟兄们要有耐心，等天黑了再出去。

弗利听见礼拜堂的门打开了。他转过身，看着狗哥进来，扫视一圈，然后关上门。他没带武器，腰间只挂着对讲机和手电筒，帽舌拉下来盖着眼睛。这家伙很紧张，他的手伸向墙上的电灯开关。弗利说："别开灯。"

狗哥看着弗利，弗利竖起手指压在嘴唇上。行动开始，他从容不迫地说："他们就在你脚底下，狗哥。他们在挖地道。"

警卫抬手就去拿腰带上的对讲机。

弗利说："等一等，还不到时候。"

第二章

五点钟，凯伦离开西棕榈滩，驱车驶向落日，经过大片大片的甘蔗地。她打开车头灯，拐进停车场，面对监狱停下。明晃晃的光束照亮一条绿化带、一条人行道和又一条绿化带，围栏上装着声音探测器和刀锋铁丝网。围栏里有几条穿白色T恤的黑色人影，红砖牢房仿佛军营，野餐桌和几个凉亭仅供探视日使用。

灯光亮起，探照灯安装在高处，照亮监狱大楼、步道和草坪。一切在夜色下显得没那么糟糕了。她点了支烟，用车载电话拨出号码。

"嗨，还是我，凯伦·西斯科。雷一直没回来？……对，我试过了。他要是打过来，说我要到七点以后才能和他碰头，谢谢。"

她望着囚犯聚在放风场的大门口，排队进门，然后散开，在探照灯的光束下走向各自的牢房。她拿起电话，又拨出一个号码。

"老爸？是我，凯伦。能帮我一个大忙吗？"

"要我起来吗？我刚给自己倒了杯酒。"

"我在格雷兹。我本来六点钟要和雷·尼科莱见面，但这会儿怎么也找不到他。"

"那是哪一个？联邦探员，枪管局的？"

"以前是。雷现在去州里了，佛罗里达执法局，工作调动。"

"但他还没离婚，对吧？"

"理论上是的，但已经分居了。"

"哦，他搬出来了？"

"正要。"

"那就不能算分居，你说呢？"

"你能继续联络他吗？他在外面办事。就说我会迟到？"她把雷的寻呼机号码报给老爸。

"你在格雷兹干什么？"

"送一份传票和诉状。一路开车到这儿……"车头灯照亮了凯伦的后视镜，一辆轿车停进她背后的一排车辆里。灯光熄灭，随即又点亮。凯伦调整后视镜的角度，避开强光。

"我一路开车来这儿，因为某个服无期徒刑的罪犯不喜欢奶酪通心粉。他起诉说他无权选择自己吃什么，违反了他的公民权利。"

老爸说："我怎么跟你说的来着？绝大多数时间你不是去送达文件就是在负责保安，在法庭晃来晃去，开车送囚犯参加聆讯……"

"你要我说你料事如神？"

"说说又没什么坏处。"

"我只给西棕榈滩办公室一年时间。他们不调我回令状组，我就辞职。"

"我的女儿真是硬气。你知道你随时都可以回来，全时间和我做事。我刚接了个案子，你一定会喜欢，受害人的权利处于危难之中。"

"老爸……"

"一个男人入户抢劫，殴打一位老妇人，抢走她藏起来的毕生积蓄，八万七，现金。警察逮住这家伙，他的律师和州检察官达成交易，两到五年监禁，他出来后要全额赔偿受害人的损失。他服刑十五个月，释放后立刻消失。老太太的儿子雇我找他。"

凯伦说："你找到他，然后呢？让他去武装抢劫还钱吗？"

"看到了吗？你很喜欢这一行，你在思考。事实上，老太太的儿子觉得揍得他屎尿横流就可以了。"

"我得走了。"凯伦说。

"什么时候能见到你？"

"星期天我会回家陪你看比赛，但你必须给雷打电话。"

"你为这家伙梳妆打扮？"

"我穿的是香奈儿套装，不是那身新的，是前年圣诞你送我的那身。我今天凑巧穿着呢。"

"配短裙。你希望他明天就搬出来，对吧？"

"到时候见。"凯伦说，挂断电话。

她老爸今年七十岁，在珊瑚阁市开了家马歇尔·西斯科调查公司，执业四十年，如今已经半退休。凯伦·西斯科今年二十九岁，是联邦法警，最近从迈阿密分部调任西棕榈滩。她在迈阿密大学念书那会儿，经常为老爸执行监视任务，觉得自己挺喜欢联邦执法工作，转学到博卡拉顿的佛罗里达大西洋大学，接受刑侦训练。各路联邦机构都会来学校宣传招募，联邦调查局、缉毒局，等等。凯伦当时吸大麻，所以首先排除了缉毒局。她想加入特勤局，但她遇到的探员一个个都守口如瓶，不管问什么都回答："这个要问华盛顿的意见了。"她认识了几个法警，人都不错，不怎么把自己当回事，和她遇到的调查局探员完全不一样。于是凯伦就加入了法警局，老爸说她疯了，因为她必须每天忍受各种各样的官僚屁话。

穿上配黑色香奈儿套装的中跟鞋，凯伦身高五英尺九。

法警的徽章和证件装在手包里，手包和法庭文件一起放在身旁的座位上。她的西格绍尔点三八在后备箱里，后备箱里还有防弹背心、法警上衣、几副手铐、带铁链的脚镣、伸缩警棍、梅西喷雾器和雷明顿唧筒式霰弹枪。她把枪放在后备箱里，这样进监狱就不需要寄存武器了。西格绍尔是她的至爱，就像晚礼服的一部分，她不想让这把枪被某个保安亵玩。

好了，她准备好了。凯伦最后抽了一口香烟，把烟头扔出车窗。她拉起后视镜想整理仪容，立刻被强光晃得转过脸去：后面那辆车还亮着大灯。

第三章

巴迪看见后视镜的反光，大灯照亮了金色的头发——前面一辆佛罗里达牌照的雪佛兰随想曲里坐着一个女人。

他没有在第一排的其他车辆里看见别人。很好。囚犯正在从放风场返回牢房，但他没有看见看守发疯似的跑来跑去，也没有听见哨声吹响。这就更好了。他没有迟到。他紧赶慢赶好不容易赶到监狱，这会儿正适合稍微休息几分钟。他依然不敢相信他的好运气，他找到格兰的时候只剩下了几个钟头，劈头就说行动开始。不是星期天，而是今天，就现在。格兰想知道怎么会这样。巴迪说："咱们没时间闲聊了，谢谢。去弄辆车，在我告诉过你的那地方等着。六点以后。格兰？弄一辆白色轿车。"

格兰不明白那有什么区别。

"这样我们就能确定车里是你了，"巴迪说，"而不是某个警察拿着雷达测速仪坐在无标记警车里。还有，别戴太阳镜。"

这一点格兰也有意见，巴迪说："小子，按我说的做，否则你肯定混不过去。"

巴迪自己也必须尽快偷一辆车，一辆白色轿车，弗利不需要找遍停车场就能一眼看见。他从迈阿密地区开了快三个小时赶到监狱。

时间一分一秒过去，他不禁怀疑雪佛兰里的女人是不是在等古巴人爬出地洞。他认识喜欢雪佛兰的拉丁裔，这女人说不定是个染成金发的拉丁女人。巴迪扭头左右张望，想知道会不会还有其他车辆也在等着接囚犯。

就像通勤车站，老婆来接丈夫回家。

金发女人的位置很正确。弗利告诉过阿黛尔，从礼拜堂旁边的武装瞭望塔数起的第二根围栏柱子，他们就要从那里爬出来。

巴迪讨厌武装瞭望塔，哪怕在围栏外面也一样，因为上面有个人抱着重型步枪时刻盯着你在放风场上的一举一动。弗利曾看着瞭望塔说："上面的家伙希望看见有人爬上围栏，好让他一枪毙掉。祈祷老天能给他这么一个机会。你说那是个什么样的人？"巴迪说那就是最标准最普通的看守，凶恶而愚蠢。

这段对话发生在两人第一次相遇的时候，他们发现两人做的是同样的营生，在隆波克联邦监狱结为终生好友。隆波克监狱距离太平洋海岸五英里，装满了加州的大毒枭、欺诈犯、骗子……弗利会说："巴迪，咱们这么一对职业好手，怎么就落到这个狗窝里，和一帮废人、线民还有精神障碍的王八蛋关在一起？"

他们前后相隔三个月出狱。

先出去的是巴迪，他到洛杉矶住进姐姐家，蕾吉娜·玛丽曾经是修女，如今靠福利金混日子，喝雪利酒，每天去参加弥撒，为巴迪和炼狱里的可怜灵魂祈祷。巴迪出去抢银行的时候，他每周都给姐姐打电话，还寄钱给她。在监狱里他只能写信，因为蕾吉娜不肯接他的对方付费电话。

弗利出狱时领了五十块车马费，搭大巴前往洛杉矶，巴迪专门偷了辆车去接他。

同一天下午，他们抢了波莫纳的一家银行——两人都是第一次和搭档合作，同时向两个柜员下手，一共抢了五千六百块，然后驱车来到拉斯维加斯，输掉剩下的所有钱。他们回到洛杉矶，在南加州团伙作案一连几个月：同时抢两个柜员，看谁能在不触发警报的前提下抢到更多的钱。巴迪实在想念他的好搭档。

弗利第一次打电话和他商量的时候，巴迪还住在加州的姐姐家里。他说："老天在上，你怎么又进去了？"

"正在想办法出来，"弗利说，"法官脑子里有屎，判了我三十年，但我还不至于要进这儿。这儿全是智障和废人，不过只是中等设防，你明白我的意思吧？"他之所以会在佛罗里达，他说，都是为了阿黛尔。

"还记得我们在隆波克坐牢那会儿，她总给我写信吗？"

"在她和你离婚之后。"

"对，我实在算不上是个好丈夫。从没付过她的生活费，离婚后也没给过赡养费。"

"你怎么付？一个小时你挣几分钱？"

"我知道，但我总觉得我欠她的。"

"所以你在佛罗里达抢了一家银行。"巴迪说。

"让我想起帕萨迪纳那次，我跑出来，该死的车怎么也发动不了。"

"这事你说了七年，"巴迪说，"你当时为什么不留着引擎空转？别跟我说佛罗里达也发生了同样的事情。"

"不，但情况差不多。我最倒霉的两次都是因为车，真是谢天谢地。"

"你遇到车祸了？"

弗利说："见面了我仔细告诉你。"

从那以后，打电话的就换成了阿黛尔，永远用公用电话，谈他和古巴人要做的这件事。

定好日期之后，巴迪从加州开车过来，在哈伦代尔的沙拉莫公寓租了套单卧室的房子。地方就在迈阿密北边，紧靠大海。

阿黛尔打电话说提前到今晚了，哥们，你必须行动起来。巴迪拖着格兰起来，出去找车，他们最后在达尼亚海滩的一个购物中心发现了理想的脱逃车辆：白色凯迪拉克帝威。巴迪正要撬车门，忽然看见一个中年女人走出温迪克西百货。当时是下午，她戴着珍珠项链，穿一双高跟鞋，自己推着装满日用百货的小推车，这样就不需要派小费给搬运小工了，坐着小划艇来到美国的海地穷人只能干瞪眼。巴迪把撬棍贴着腰眼塞进裤子。他等女人打开后备箱，走上前说："来，夫人，我帮你搬东西。"她似乎有点拿不准主意，但还是让他把东西装进后备箱，从锁眼里拔出钥匙。女人说："我没请你帮忙，所以别指望我给你小费。"

巴迪一挥手。"没关系，夫人。"他说，"我只要你的车。"他坐进车里，扬长而去。女人也许嚷嚷了些什么，但关着车窗，空调开到最高，他什么也听不见。这是他第一次这么偷车——似乎更像大家说的劫车。

六点差一刻。如果事情会按弗利描述的那样发生，那么他们随时都有可能出来。几乎所有因服犯在从放风场向里走，少数几个人不紧不慢地走在探照灯底下。

巴迪又开始打量雪佛兰里的女人。他看见女人的手伸出窗口，扔下烟头，他不禁觉得她肯定知道越狱，也在做好准备。他看见她在车里抬起另一只手，转动后视镜，看见他的车头灯又在后视镜里一闪，和之前刚到的时候那次一样。几秒钟后，雪佛兰关掉了车灯。巴迪确定她要下车了。

　　他等待着，急不可耐地想看到她的长相。

第四章

弗利看着狗哥沿着过道走向礼拜堂前侧，眼睛盯着地板，无疑在听底下的响动。狗哥拿定了主意，说："我什么也没听见。"

"他们这会儿又没在挖，狗哥，地道已经挖好了。咱们说话这会儿，有六个人就藏在地道里，准备逃跑。"弗利想到一件他必须了解的事情，问："报告越狱的时候你怎么说？"

"越狱是橙色警报，"狗哥说，"你确定他们在底下？"

"我看着他们钻进维修空间的。"

"地道的另一头在哪儿？"

"从瞭望塔数起的第二根围栏柱子。你去看看好了。"

狗哥转身沿着过道走到头，顺着第一排长椅走到窗口。监狱主楼的灯光映在玻璃上，帘布变成了脏兮兮的黄色。狗哥说："我啥也没看见。"

弗利拿起上衣和底下的木梁球棒，从长椅之间走向窗户所在的过道，说："你继续看，马上就会见到了。"

狗哥说："这个时间，六号瞭望塔里没有人——不过也得他们真从那儿钻出来。"

弗利说："你以为他们不知道吗？"他摸到狗哥背后，看见警卫制服的衬衫紧裹着他的后背——这家伙够肥的。弗利松手让上衣掉下去，左手贴着腿握紧木梁。

"外面有车亮着大灯……"狗哥说着从腰间拿起对讲机，"我的天……"

他冲着对讲机叫道："有人逃出了围栏！六号瞭望塔旁边！"

没有什么"橙色警报"——他太激动了。弗利继续摸近他，看见停车场里的车头灯照在围栏上，前面一辆深蓝色的轿车，它背后是一辆白色轿车：感谢上帝，希望是巴迪。弗利踮起脚尖，望着自由，感觉自由。狗哥在对讲机里表明身份，报告他的位置。弗利还没准备好，他就已经说完了这些。他看见围栏旁冒出一个人影，车头灯照亮浅蓝色的囚服，狗哥冲着对讲机大喊："我就看着他呢，天哪！"

弗利花了一秒钟告诉自己，开弓没有回头箭。回头就会弄得一塌糊涂。他找到他需要的角度，踏上一步，像是要打一个快球，抡起木梁砸在狗哥的脑袋侧面上，一家伙干净利落地撂倒他。

狗哥摔在窗框上弹了一下，一声都没吭就瘫软下去。

弗利朝窗外又看了一眼，见到两个人影出现在围栏旁，他弯腰开始剥狗哥的衣服。解开衬衫纽扣，把他翻过来脸朝下，狗哥还活着，但死沉死沉的。狗哥自己不使劲，连脱件衬衫都这么费劲。弗利飞快地把衬衫套在T恤外面。他听见汽车喇叭声，有人死死按住不放，大概是巴迪想说什么。比方说快点，别磨蹭。他发现没时间换裤子了，只能冒险，希望晚上别人不会注意到囚服的蓝色长裤。弗利戴上狗哥的帽子——有点小，紧紧地包住眼眶。他捡起手电筒，溜出前门，钻进无花果树丛。

凯伦拿着法庭文件，准备下车。

她看见囚犯还在排队从放风场回牢房，从左向右走过视野，所有人和围栏都保持一定的距离。她打开车门……

等一等。

其中一个囚犯，她刚才没注意到的一个人影，就站在围栏前。近得一伸手就能摸到围栏。他蹲下去……或者四肢着地。凯伦又打开车灯，看清了他。

不是蹲下去。

而是从地下钻出来。

而且在围栏的这一侧。

他弯下腰，头部和肩膀冒出来，又一个人钻出地面。

就在她的正前方，离车头只有几码，两个男人逃出监狱。警报和哨子都没有响，囚犯还在走进大楼，甚至没有觉察到……

凯伦按住喇叭不放，看见围栏前的两个男人——都是拉丁裔——望着她的车头灯，愣了一瞬间，转身跑进黑暗，沿着放风场外的围栏越跑越远。第三个人钻出地面，脚跟旁边又冒出一个囚犯的脑袋，凯伦已经跳下车。

巴迪没有立刻看见他们。女人拼命按喇叭，他坐了起来。他看见女人顺着围栏望向左边，这才意识到越狱已经开始。这时他看见两个囚犯正在拼命逃离围栏，跑向通往高速公路的旁道。两个人突然被探照灯照亮，光束从放风场另一头的瞭望塔斜射过来，跟着他们不放。重型步枪的枪声随即响起，远处瞭望塔上的警卫想撂倒他们，而他们跑进一片橘子树林，消失得无影无踪。

巴迪扭头去看那女人，她出现在前方——车头灯照亮金发和两条长腿，妈的，年纪很轻。她站在她那辆车的后备箱前，正在掀起盖子。

巴迪的第一个想法：她要把一个囚犯藏进去，帮他逃跑。

他看着她把脑袋伸进后备箱，取出带枪套的武器——好像是自动手枪。

天哪，甚至准备杀出一条血路。

但她又把手枪扔回后备箱里，再次探身进去，取出一把唧筒式霰弹枪，咔咔扳动。

巴迪看着她跑到车头，举起霰弹枪张望，但两个囚犯已经消失。监狱里响起警哨声。

巴迪看见囚犯聚在一起，望着他这个方向，几百个囚犯成群结队，但视线内没有警卫。他对自己说，你最好先下车，做好准备。愿不愿意都在其次。

他钻出车门，看见那姑娘还站在她的车头前，举着霰弹枪瞄准两个囚犯，两个人身上都脏兮兮的，站在地上的洞口旁边，他们肯定刚从那里爬出来，姑娘叫他们举起手来。她肯定不是来帮人越狱的。那她是谁？巴迪看得出两个囚犯已经下定决心——两个拉丁裔——正在一点一点向外蹭：妈的，他们都走到这一步了。他们望着探照灯在黑暗中扫来扫去，然后看着另一个方向，顺着围栏望向正门，见到武装警卫跑了出来，两个囚犯顿时不再多想。

他们拔腿跑向那条旁道。巴迪看见那女人——一个穿短裙的漂亮姑娘——抬起霰弹枪瞄准他们，知道她不可能打不中，但她没有扣动扳机。不需要，看守已经跑出大门，五个人，端着步枪和霰弹枪，他们抢先一步，同时开火，枪声响个不停，巴迪看见那两个囚犯跑着跑着就倒下了。

　　警卫看着这个方向，他们不可能没看见一个姑娘站在车头灯下，但他们没有理会她——巴迪意识到他们知道她是谁。他们更感兴趣的是刚才爬出了几个囚犯的地洞。他们站在地洞旁边往里看，举着武器一点一点凑近，然后同时向后跳，你撞我我撞你。

　　一个戴着警卫帽的脑袋冒了出来，然后肩膀也出来了，他对他们说了几句什么，帽子底下的一张脸沾着污泥，这会儿使劲摇头，似乎很激动。一名警卫拿起对讲机说话。另一名警卫伸出步枪，让地道里的警卫抓住枪管，好把他拉上来。但地洞里的警卫不停嚷嚷，朝夜色下的橘子树林指指点点。最后这几个警卫走开了，过去查看被他们撂倒的两个囚犯，踢了几下看是不是还有气，然后继续向前走，地洞里的警卫爬了出来。

　　巴迪知道那是弗利，弗利不慌不忙地演戏，叉着腰站在洞口，活像一个最认真不过的看守，如假包换的帽子拉下来遮住眼睛。巴迪走向他的车头灯，抬起胳膊，招呼弗利过来，却看见那姑娘微微侧身，把霰弹枪对准了他。巴迪举起手掌，说："没事，亲爱的，我们是好人。"巴迪故作镇定，希望能相信他和这个可爱的金发女郎不会有瓜葛——她大概是一名假释官，不过他不认为假释官需要随身带枪。

　　她说："你们在这儿干什么？"不是问话，而是警察已经确定你在干坏事的那种口吻。她扭头看了一眼，意思是"你们"包括弗利在内。她知道了，好吧，但有两个人需要注意，她来不及做出反应。她看着肮脏不堪的弗利走向她，活像沼泽里爬出来的怪物，巴迪抓住机会掐住她的脖子。她拼命反抗，一枪托捅在他肚子上，弗利及时赶到，从她手上抢过霰弹枪。他们把她拖到雪佛兰的车尾——箱盖还开着——蹲在那儿看着几个警卫沿围栏跑过黑黢黢的瞭望塔，穿过旁道跑向橘子树林。他们很快听见一阵枪声，然后是寂静。

弗利说："我猜他们就派了这么多警卫出来，否则里面就没人看家了。"

巴迪说："咱们回头再聊天行不行？"

他扭头看见弗利和年轻女人在凯迪拉克的车灯下面面相觑，两人似乎都既不着急也不害怕。弗利对她说："天，你还是个小姑娘。做什么工作，要随身带霰弹枪？"

她对他说："我是联邦法警，你们两个被捕了。"

弗利继续盯着她，像是在认真考虑眼前的局势，思考该怎么处理她——该死，联邦法警。但他一开口却说："我肯定很臭，对吧？"然后又说："来吧，你钻进后备箱里，咱们离开这儿。"

第五章

　　凯伦以为他们会把她留在后备箱里，自己离开，等他们关上箱盖，她就使劲踢，大声叫，直到有人来把她放出去——她开始摸来摸去，寻找西格绍尔手枪。

　　有了，她摸到枪套，悄悄拔出手枪，握紧枪柄，准备行动：弹仓里有六颗空尖弹，枪膛里还有一颗，要是迫不得已，她随时一转身就能开枪。可是，穿肮脏的警卫制服的男人推了她一把，一抬腿也钻进了后备箱——真是难以置信。他爬进来，身体紧贴她的后背，把她压在了箱壁上，姿势就像情侣偎依在床上。男人的胳膊伸过来，搂住她的身体，她无法转身，用枪指着他的脸膛。

　　箱盖放下来，两人被关在彻底的黑暗之中，没有一丝一点的光亮，周围一片死寂，直到引擎隆隆发动，轿车转弯开出停车场，拐上通往高速公路的旁道。凯伦回忆地形，想起橘子树林和养路工房，再过去路边有几幢带院子的框架木屋是部分监狱工作人员的住处。

黑暗中响起他的声音，呼吸打在她的脖子上，"舒服吗？"

这个囚犯很冷静，他反正没什么可失去的。凯伦用两腿夹住握着西格绍尔的手，保护她的武器，短裙翻起来兜住臀部。

她说："要是能多给我一点空间就舒服了。"

"可惜并没有。"

她在想能不能用双脚顶住前箱壁，使劲一蹬，同时转身，把枪口对准他。

也许能做到。但然后呢？

她说："没人知道我在这儿，我恐怕算不上人质。"

她感觉他的手摸过她的肩膀，顺着胳膊向下走。

"你不是人质，你是我的zoo-zoo，五个月徒刑后的犒劳点心。可爱又好闻的大美人。真抱歉，我肯定一股阴沟味儿，地道里全是烂泥，各种腐烂的东西。"

她感觉他在动——扭动身体，好躺得更舒服。

"你这里乱七八糟的小玩意可真多。这是什么？手铐，脚镣……这一罐是什么？"

"能治你的口臭，"凯伦说，"绝对用得上。快往你嘴里喷几下。"

"你太坏了，是梅西喷雾，对吧？这又是什么，警棍？

用来殴打倒霉的罪犯……你的枪呢？手枪。"

"包里，在车上。"她感觉他的手从胳膊滑到臀部，放在那儿不动了，她说，"你知道你不可能逃掉的。警卫已经出动，他们会截下这辆车。"

"他们在甘蔗地里追古巴人呢。"

他语气沉静，不紧不慢。她有些吃惊。

"就这么说吧，我算好时间，瞅了个空子溜出来。如果需要，我甚至会自己吹响哨子，送出橙色警报，让他们晕头转向乱跑，而我从地洞里钻出来。天，底下真是臭死了。"

"这个我相信，"凯伦说，"你毁了我老爸送我的衣服，价值三千五。"

她感觉他的手顺着大腿向下摸，指尖扫过连裤袜，短裙继续被往上翻。

"我猜穿在你身上肯定很好看。来，说说看，天底下那么多工作，你怎么会想起来当联邦法警？按我和法警打过的交道，一个个都是粗壮大汉，就像你们大城市的刑警。"

"追捕你们这种人，"凯伦说，"特别吸引我。"

"为了证明什么呢？你难道是那种激进的女权主义者，专门打爆男人的卵蛋？我好几个月没亲近你这样的女人了，好看，聪明……我在里面过着干干净净的禁欲生活，还以为你是老天给我的奖赏呢，结果却是个碎蛋女魔头。快说其实并不是这样。"

"你怎么知道我聪不聪明？"

"这不就知道了？换位思考，这和碎蛋没什么两样。我早该知道你是好战分子，一个佩枪的姑娘，带着各种阻止犯罪的器械到处跑……可是，听着，我好几个月没女人，这不代表我会强迫你怎样。我这辈子都没做过那种事。"

她觉得很有意思，这家伙努力想给她留个好印象。

"你反正也没这个时间，"凯伦说，"前面遇到路障，警察会查一下这辆车，五秒钟之内就会发现车主是谁。"

"那也得他们及时设立路障，我觉得恐怕很难。就算设立了，他们在找的也是几个古巴人，小个子，黑头发，而不是开着雪佛兰的大块头红脖子。我把这一程交给了我的救命恩人和我的老伙计巴迪。他是百分之百的红脖糙汉。知道怎么分辨吗？他从来不脱掉衬衫。"他说话时的呼吸打在她脖子上。

他感觉到了自由，话越来越多。凯伦保持安静。

"我是说在太阳底下，比方说我们在院子里。阳光灿烂的加利福尼亚，离大海只有几英里路程的地方，但他一次也没脱过衬衫。他的肤色是所谓的农民黑。要是看见巴迪洗澡，你会发现他的脸和胳膊是晒黑的，但身上一片雪白。不过人很好，每周都给姐姐写信，从不间断。他会写天气如何如何。他姐姐会回信，写她那儿的天气如何如何——其实没多大区别。他姐姐以前是绝不开口说话的那种修女。巴迪说她现在话也不多，但喜欢喝酒。"

一个女警和一个越狱囚犯躺在轿车后备箱里谈天说地消磨时间，车在乡间小道上颠簸，身下的箱壁硬邦邦的，毫无缓冲。轿车终于开始加速，走的是一条笔直线路，凯伦估计他们开上了441公路，朝西棕榈滩而去，多半在驶向州际公路。不是收费公路，从441公路上不了收费公路。

她感觉他的手拍拍她的大腿，离她握着西格绍尔的那只手只有几英寸。

她说："巴迪。他爹妈给他起的名字？"

"我给他起的外号。"

"好吧，你叫什么？不过反正明天看报纸就知道了。"

他说："杰克·弗利。你也许听说过我。"

"为什么，你很有名？"

"我在加州被定罪的那次，他们说'不如你说说你抢过的其他银行吧'。他们是联邦调查局，给了我免于起诉的待遇，只是想尽量多结几个案子而已。我开始列举我还记得的银行。等我说完，他们查了一遍，说我抢过的银行比电脑里的任何罪犯都多。"

"多少家？"

"实话实说，我不知道。"

"大概多少家？"

"唔，向回数三十年，减掉九年我在州和联邦监狱服刑的时间，从安哥拉开始。知道安哥拉在哪儿吗？路易斯安那州。我十八岁，高中毕业就给我叔叔库利开车。库利和他的一名同伙，他们去抢斯莱德尔的一家银行，就在密西西比州的边境线上。库利那个同伙跳上柜台扑向柜员，结果摔断了一条腿。我们三个人一起被抓。我蹲了二十二个月监狱，学会怎么为自己的小命拼搏。库利服刑七年，出来没多久就在慈善医院过世，我想是因为他太想弥补失去的好时光了。我二进宫也服刑七年，在隆波克。我说的可不是尼克松手下去的地方，哈德曼，还有谁谁谁。那是隆波克联邦拘禁所，所谓的联邦俱乐部。没有围栏，没有人用简易小刀或牙刷把绑剃刀刀片。最坏不过也就是有人用网球拍打你脑袋。"

"我知道区别，"凯伦说，"你进的是隆波克联邦监狱。我解送过犯人进去。"

"和犯罪的白痴铐在一起？"

"我们有自己的飞机，但还是没什么乐趣。"

"大雾会从海上飘过来，"弗利说，"滚滚而来，就停在院子里不走了，有时候过了中午都不散。所以安哥拉加隆波克，一共九年。再加上在郡拘留所等待聆讯的时间，还有我们刚爬出来的那个地洞，我在惩戒机构一共待了十多年。我今年四十七岁，一天监狱都不想蹲了。"

凯伦说："你确定吗？"

"我要是再进去，就要服满三十年，不得减刑。你能想象那是什么滋味吗？"

"我不需要，"凯伦说，"我又不抢银行。"

"就算要像条野狗似的吃子弹，我也宁可死在街头，而不是该死的监狱围栏上。"

"你肯定自认是什么亡命之徒吧。"

"我也不知道，"他安静了几秒钟说道，"其实我从没那么想过自己。"他又停下。"但也可能是不由自主地想过。就像以前的那些人。克莱德·巴罗——你见过他的照片吧，他戴帽子的样子？你看得出他就洋溢着老子啥也不在乎的那种气场。"

"我不记得他的帽子了，"凯伦说，"但我见过他被得州骑警打死后的模样。知道吗？他连鞋都没穿。"

"是吗？"

"骑警在克莱德、邦妮·帕克和他们的车上开了一百八十七个弹孔。邦妮正在吃三明治。"

"你倒是记得很多有意思的小细节。"

"时间是一九三四年五月，地点离路易斯安那州吉布斯兰不远。"

"那是北路易斯安那，"弗利说，"离新奥尔良很远，我在新奥尔良出生长大。一旦走出大快活城，哪儿都和阿肯色州差不多了，巴迪就是阿肯色人。他去底特律在汽车厂工作了一段时间，过得不太开心，于是搬到加州。我记得看过那部电影——那时我刚从安哥拉出来，开始自己抢银行。他们中枪的那一段？沃伦·比蒂和……女演员叫什么来着？"

"菲·唐纳薇。我很喜欢她在《电视台风云》里的表演。"

"对，她很不错。我喜欢那家伙说他绝对不会再听任何人使唤。"

"彼得·芬奇。"凯伦说。

"啊，对。总而言之，沃伦·比蒂和菲·唐纳薇中枪的那一段？记得我当时想，要是非死不可，这么死倒也不错。"

"血溅乡间小道。"凯伦说。

"事后确实不好看，"弗利说，"是啊，但坐在车里吃三明治，你根本不会知道子弹从哪儿来。"

"警卫制服是从哪儿来的？"

"从一个看守身上剥下来的。"

"你杀了他？"

"没有，给他脑袋上来了一下——我这辈子都没见过比他更无知的人。"他顿了顿，说，"不，我没资格这么说，看我搞的那摊子烂事，否则我这次也不会进来。我在沃思湖抢了一家巴内特银行。我在一条小路上，等着左拐上迪克西高速公路……说来话长。我来佛罗里达只是为了探望某个人。"他停了停，说，"我还是别说了。"

"你开自己的车抢银行？"凯伦说。

"我还没那么傻。不，其实是我的车出了状况……真是我这辈子做过的最傻的事。"

她感觉弗利的手指无意识地在她大腿上摸来摸去，他沉静的声音就在耳边："和你聊天很轻松。我在想，要是换个环境遇见，咱们聊起来——不知道会发生什么。"

"什么也不会发生。"凯伦说。

"我是说你并不知道我是谁。"

"但你会告诉我的，对吧？"

"你看，我说和你聊天很轻松就是这个意思。你不废话，想到什么就说什么。你和一个浑身脏兮兮、一股下水道味儿、刚越狱逃出来的男人关在黑暗中，你却似乎一点也不害怕。对吧？"

"我当然害怕。"

"看不出来。"

"你希望我怎么做，尖叫？好像没什么用处。"

弗利吐出一口气，呼吸打在她的后脖颈上，感觉像是喟然长叹。他说："我还在想，要是咱们换个环境遇见，比方说酒吧里……"

凯伦说："你是在开玩笑对吧？"

这句话说完，有好几英里两人谁也不开口，最后弗利说："还有一个菲·唐纳薇的角色我也喜欢，《秃鹰七十二小时》。"

"罗伯特·雷德福，"凯伦说，"他那会儿还很年轻。我喜欢那电影，台词很妙。菲·唐纳薇说——他们睡在了一起，虽说她都不怎么了解他，第二天早上起来，他问她能不能帮个忙？她说，'我难道拒绝过你吗？'"

弗利说："对……"她等着他说下去，但车速开始放慢，颠簸几下，贴着路肩停下。

凯伦做好准备。

弗利说："我和你一样，也不知道这是在哪儿。"

还在乡间，凯伦很确定。也许在去西棕榈滩的半程，可能稍微过一点。

她听见弗利的同伙——巴迪——在外面说："里面的人还活着吗？"

箱盖掀开。

凯伦感觉弗利的手在她身上，再一瞬间就拿开了，然后听见他在后备箱外面说："这他妈的是哪儿？"

"上面就是收费公路。格兰开着车在等我们。"这是巴迪的声音。

格兰。

凯伦对自己念了一遍这个名字，存储在脑海里。

弗利说："我们怎么上去？"

"穿过那片灌木丛就到了。"巴迪的声音。

"还得爬上路基。"

弗利的声音凑近她，说："从里面出来。"

凯伦伸手一推，从右向左翻滚，双手握住西格绍尔，举枪对准他们。两人都站在后备箱前，虽然外面黑漆漆的，但他们就在面前，离她很近。她说："举起手来，转过去。快。"

他们动了起来，她听见弗利说，"妈的"，看见箱盖砸了下来。她扣动扳机，近距离打出一颗点三八子弹，紧接着又是两枪，但这时箱盖落了下来，把她和震耳欲聋的枪声关在了逼仄的黑暗之中。

两个人朝相反的方向蹿开，她大概谁也没有打中。她竖起耳朵听，但没有任何响动，他们肯定去车里拿霰弹枪了，随时都会回来。

第六章

虽说巴迪看见她把手枪扔回后备箱，然后才取出霰弹枪，但巴迪说他忘了她身边还有枪——事情太多，没空多想。他对弗利说别管她了，他们反正要扔掉这辆车，得把她留在什么地方，具体是哪儿又有什么区别呢？

但弗利已经下定决心：她要和他们一起走。

他还没和她聊完呢。他想找个舒舒服服的地方，和她一起坐下，像两个普通人那样聊天。从头开始，让她好好看几眼干干净净的他。但就算有时间，他也无法解释他为什么还想和她聊天，这一点他还没有想清楚，因此他只说了一句："她和我们一起走。"

巴迪皱起眉头，好奇地看着他。他说："天哪，你们在里面干了什么？你想睡女人，我能理解，但你不是有阿黛尔吗？"

"去拿霰弹枪，"弗利说，"还有她的包。我要知道她是谁。"

"我已经看过了，"巴迪说，"她叫凯伦·西斯科，西斯科小子①那个西斯科，但拼法不同，开头是个S。"

"凯伦·西斯科，"弗利点了两下头，"不知道有没有人这么叫她，西斯科小姐。"

车头灯从西棕榈滩的方向驶近，他们钻进轿车和高架桥的水泥墩之间的缝隙。郡局的一辆绿白警车呼啸驶过，警灯闪烁，然后一辆接一辆，一分钟内接连开过许多辆外出搜捕越狱囚犯的绿白警车。

那些警车没时间搭理停在高架桥下暗处的一辆轿车。

道路又安静下来，弗利走到雪佛兰的后备箱旁边，贴着后备箱的侧面，伸出拳头敲了敲铁皮。

"凯伦？乖乖地当个好姑娘，听见了吗？我放你出来。"

弗利听见枪声，连忙向后一跳，箱盖捂住了枪声，但肯定是枪声，子弹打穿了铁皮。

他对她喊道："你给自己的车镶弹孔干什么？"他抬起头，巴迪正拿着霰弹枪和黑色皮包盯着他。

弗利花了两秒钟稳定情绪，然后说："我们不会扔下你的。我要打开箱盖，给你一条缝儿，让你把枪扔出来。行吗？你再开枪——巴迪拿着你的霰弹枪呢，他说你再开枪，

---

① 美国流行文化中的虚构角色，是个西部牛仔，出现在多部电影、电视、漫画和小说中，由欧·亨利于1907年创造。

他就要还击了，我拦不住他。所以你看着办。"弗利伸出手，巴迪还是好奇地看着他，给了他车钥匙。

他们听见一个声音喊道："喂！"不是从后备箱里，这个清晰的声音来自上方某处。"是我，格兰。"

弗利走到开阔处，巴迪紧随其后。他们抬起头，看见一个人影——夜空映衬下的头部和肩膀——趴在高架桥的水泥栏杆上。

"嘿，杰克好兄弟，很高兴见到你。你们他妈的开什么枪？"

巴迪提高嗓门说："我们马上就上来。"

"我也不想抱怨，"格兰说，"但你们知道我在这儿等了多久吗？要是有高速公路巡警经过，那我就死定了。"

弗利看着巴迪。"我们需要他吗？"

"三辆警车见过我们，"巴迪说，"只要有一辆转念一想，那辆车停在那儿干什么？然后联想到越狱，调转车头……我们必须立刻离开。"

弗利抬起头看着高架桥，说："喂，种马？"声音似乎很惊讶。"刚才真没认出你来。"

格兰直起腰，甩开遮住脸的头发。"好兄弟，我从隆波克以后就没听人这么说过了。"

弗利等他继续说。

"你们啊……"格兰摇摇头说,"我冒着掉脑袋的风险来接你们,我都不知道是图个啥。"

"你当然知道,"弗利尽量用愉快的声音说,"我们是你的英雄。"

他走回雪佛兰旁,敲了两下后备箱。"出来吗?"弗利把钥匙插进锁眼,站在后备箱的正前方,转身看着巴迪。巴迪走到后备箱旁边,咔咔扳动霰弹枪。弗利凑近铁皮说:"听见了?"

他转动钥匙,掀起箱盖。

凯伦趴在后备箱里,伸出一条胳膊,手握西格绍尔的枪管。她说:"杰克,你赢了。"

巴迪又好奇地瞪了他一眼。

格兰从栏杆上探出身子,能看见一半打开的后备箱,弗利伸出手,帮一个人爬出来。

天,一个姑娘。站在轿车旁边,抚平短裙,整理头发。这家伙刚越狱出来,就立刻捡了个姑娘?

他们穿过排水沟,钻进草丛和灌木丛,要等这三个人爬上斜坡,他才能再看见他们的身影。或者,她在监狱工作,弗利抓住她,用她当人肉盾牌逃出来。

格兰一边思考,一边转身走向他的车,车停在公路边的草地上,故障灯一闪一闪地以防万一。这是辆黑色奥迪,他在棕榈滩花园开上收费公路，立刻飙到了每小时137英里。

弗利在隆波克联邦监狱认识了他们，二十四岁的小鲜肉，四处寻找有足够智慧的同伴：能识文断字，至少不能是他妈的白痴。巴迪问他怎么着，弗利说他在勾人脉，想弄清楚他应该认识谁，应该避开谁。巴迪说他问的是刑期。哦，两年到五年，格兰说，因为偷车，但现在看起来他要服满五年了。他后来才解释为什么。他说他偷的是保时捷和奔驰，顶级的型号，他按客户要求偷车，洗白后开到美国境内的任何地方交货。他说每次看见客户要的车，他就用细撬棒或塑料片开锁，用榔头扳开点火钥匙孔，用铁棍对付方向盘锁，通常用液氮冻住警报系统。

看能不能打动他们。

弗利说他和巴迪偷过三四百辆车，但一辆也没卖过，而且顶多只开两三个小时。

这两个乡巴佬还算酷，高个子，身材瘦削，巴迪的黑色卷发总往后梳（他随身带小梳子），看上去永远湿漉漉的。弗利的浅棕色头发剪得很短，足够浓密，用手指梳理就行。弗利抽香烟，巴迪嚼烟草，把烟草塞在下嘴唇和牙龈之间。他们似乎并不健壮，宁可旁观也不下场锻炼，但两人都有那股铁汉劲头，像是在建筑工地或油田工作了一辈子，而不是抢银行。容易相处，但你对他们说话和他们有话对你说的时候，他们会直勾勾地看着你的眼睛。

格兰和他们走得很近，变态佬们从来没有骚扰过他。弗利说："别退缩，除非你觉得你会喜欢那滋味。"巴迪说："教你怎么做啊，你就说不行，然后宰了那孙子。"他们互相照应，从没遇到过不能用眼神解决的难题。他们冷静地看着暴脾气的混球，像是在说，敢和我们过不去，哥们，那是你自己找死。

格兰认为他们之所以允许他跟在身边，是因为他来自洛杉矶的西好莱坞。他熟悉这个世界，甚至在伯克利待了两年，但没有养成目空一切的态度。

一天在放风场上，格兰说："告诉你们一件事情，这儿除了我只有一个人知道。我原来在隆波克拘禁所，知道吗？因为企图越狱，和另一个家伙一起被转到这儿来了。"

看他们怎么想。

"知道参加拳击训练的那个莫瑞斯·米勒吧？外号史努比，打轻量级，因为欺诈进的拘禁所，好像是信用卡欺诈。总而言之，一天晚上我们出去慢跑，就好像史努比在做公路训练，我是他的教练。我们都快跑到范登堡了，结果被空军基地的宪兵逮住。他们以为我们是逃兵。"

巴迪问他是不是疯了？在乡村俱乐部服两到五年徒刑，顶多只需要待两年，有线电视，餐厅的色拉吧，他怎么会想到越狱？现在他必须蹲满五年了。

"那完全是另一种禁闭状态，能搞坏你的脑子，"格兰说，"我知道要是被抓住，史努比和我会被送到这儿来，甚至是某个高度设防的监狱。说不定会被送进某个恐怖集中营，马里恩、刘易斯堡……也许那会儿我头脑发热，有点过度焦虑，但当时我根本不担心被抓住。你们看，事情是这样的，我在拘禁所认识了一个狱友是个刑期三年的重罪串谋犯，百分之百的白领。他判了三年，被罚款——听好了——五千万美元，这厮抬手就写了张支票。就这么简单，五千万，签下他的名字。"

弗利说："一个华尔街的骗子，我读到过这家伙，因为内部交易被判刑。他贿赂交易员，在下单前给他股票交易的消息。比方说企业并购。"他向屁也不懂的巴迪解释这些。"一家公司买下另一家公司，购买者的股票会上涨。假如你有内部消息，知道会发生并购，那你就可以在上涨前买进，到最高点卖出。"

弗利这厮，一天也没上过大学。

"他基本上就是这么做的，"格兰说，"挣了一大笔。"

"所有人都以为他是天才，"弗利说，"直到发现他还是靠老办法挣钱的——偷窃。"

"总而言之，"格兰说，"一个亿万富翁，现在擦楼板扫网球场，每小时挣一毛一。这家伙以前每天十八个小时挂在电话上，号称办公室里有一百台分机，现在只能排队等着打公用电话。但我想说的重点是，这家伙喜欢聊天。"

"对，和联邦检察官聊天，"弗利说，"他出卖了所有和他有过往来、被他买通的内线。我想不起他叫什么了。"

格兰等他继续说下去。

弗利说："里普利。理查德·里普利。外号掠夺者迪克。大块头，很英俊，但好像戴假发。"

"到拘禁所就不戴了，"格兰说，"但这家伙很自负。绝大多数时候都在滔滔不绝，除了股票市场就是他自己，我反正听着。一个人签得出五千万美元的支票，他说什么我他妈都洗耳恭听。你看，我的铺位就在他上面。我很有礼貌，拍马屁拍到肯替他排队打电话的地步。出去挖地，我弯腰挥铲，让他动动耙子就行……他没完没了地说他多么挥金如土，我反正照单全收。我听到他在国外银行里存了钱，还有五百万美元左右的硬通货，外加大把碎钻和金币——许许多多金币，一枚就值四百块。他亲口对我说，五百万现金。原话是，'就在我随时能摸到的地方'，好像不值一提。"

弗利说："他放在家里？"

巴迪说："对，那厮住在哪儿？"

格兰犹豫片刻，弗利说："他肯定很快就要释放了。"

"已经出来了。报纸上登过。"

"我指的是你和史努比慢跑逃出拘禁所的时候。你说你很焦虑。听起来好像你想在里普利释放前去一趟他家。是这样吗？你不能等下去了？"

"也可以说我的驱动力很强烈，"格兰说，"五百万等我去拿？只需要我走出去？没有围栏，没有武装瞭望塔。唯一的拦截手段就是个'禁止越界'的牌子。朋友，我那叫一个热血沸腾——要让我留在那儿，你非得用铁链把我锁在墙上才行。"

"但你没逃掉，"弗利说，"还有史努比。说起来，他打职业比赛的时候可是莫瑞斯·'疯狗'米勒，现在你轻轻拍他一下，他就能给你趴下去。"

"我带他不是为了当保镖。"格兰说。

"莫瑞斯碰巧住在底特律，里普利家就在那儿。不，史努比不是我的盾牌，但他熟悉汽车城。"

"巴迪也熟悉，"弗利说，"如果你需要的只是个向导。"

五年前在隆波克联邦监狱的放风场上，两人谁也没表露出多少兴趣。

格兰释放出狱，搬去佛罗里达——被窃车辆数量在全国仅次于加州，但更像天堂：偷车贼可以在司法体系内招摇撞骗，很少会蹲监狱。

所以，如果他能回去干老本行……

他尽量和那两个还在隆波克的银行劫匪保持联系，写过几封信给他们，但从没得到过回音，一个字也没有。所以，几周前他接到巴迪打来的电话，才会那么喜出望外。

巴迪说他持续写信真是个好习惯，然后说这世界可真小啊：他刚来到佛罗里达，弗利过去这五个月就在格雷兹惩教所。听巴迪怎么说的："他不喜欢待在那儿，发现有办法能出来。你手头要是没事，能帮忙开车接应吗？顶多花你几个钟头。"

你手头要是没事。

格兰说，行啊，他刚去底特律完成一次交易，但这会儿正好没事。他说："好，我觉得我能行。"

你必须和这两个家伙一样酷。

"底特律，"巴迪说，"我在克莱斯勒杰斐逊工厂的流水线上待了三年，逼得我发疯，必须辞职。我问你啊——你按客户的要求偷车交货，这里可能有个问题，你有没有看出来？"

"我已经不混那一行了，"格兰说，"我去底特律是为了探望朋友。还记得我们说过的掠夺者迪克吗？就是那个华尔街骗子。"

"签了一张五千万的支票，"巴迪说，"我当然记得很清楚。"

"我先去找了史努比。隆波克的莫瑞斯·米勒，轻量级拳手。"

55

"他还没有脑死亡？"

"他在给几个俱乐部拳手当经理人。我给了他一百块，让他帮我查里普利的住处和其他情况。你看，哪怕是在隆波克，我也一直没告诉过史努比这到底是怎么一回事，所以他知道的情况不多，不够他自己动歪脑筋下手的。下次我去，史努比会告诉我里普利住哪儿，也许还有他的办公室地址。"

巴迪说："一个打拳打坏脑子的小个子黑人怎么能查到这些？"

"他是捞偏门的，"格兰说，巴迪这么问让他很吃惊，"他玩的是信用卡，银行欺诈，伪造支票，史努比很有一套。"

"有意思，"巴迪说，"但我想知道的是你干不干净。你有没有掺和其他事情？"

格兰犹豫片刻。"不能算是掺和吧，没有。"

"但是？"

他又犹豫片刻。

巴迪说："你慢慢想。"

"好吧。缉毒局突击搜查了沃思湖的一幢屋子。家里没人。他们四处乱翻，在车库里发现了十公斤安非他命——其实是在一辆奔驰车里，但方向盘上有我的指纹，门把手上也有部分指纹。他们抓了我。我说我的指纹他妈的不可能出现在那辆车上，我说我要找律师。但过了几分钟，我忽然想到真有可能是我的指纹，知道怎么会在那儿吗？泊车。一周两晚，我在查理螃蟹馆当停车小弟，前一周我肯定停过那辆奔驰。我这么告诉缉毒局，他们一脸厌倦地看着我。我被关了十天，在联邦法庭出庭两次。第一次是保释金聆讯，笑话，好像我掏得出十万块似的。第二次是证据提交聆讯会。很好，但这时候公设辩护律师已经去查过，发现那辆车前一天晚上就在查理螃蟹馆，店家还有记录车牌号码的停车票。地方法官是个有智慧的可爱女人，撤销起诉，因为助理联邦检察官过度狂热骂得他狗血淋头。"

巴迪说："没有其他案子挂在你头上了？"

"什么也没有。我去探望弗利一次怎么样？"

"你的名字可千万别出现在访客名单上。乖乖等我的通知吧。"

"你和他谈谈，"格兰说，"问他还记不记得掠夺者迪克。我还是想邀请你俩入伙。你有兴趣吗？"

巴迪没有立刻回答有还是没有。

自从那通电话，格兰和他见了三次面。西棕榈滩的一家酒吧，离格兰的公寓不远。迈阿密海滩的一家旅馆，破烂地方，弗利的前妻阿黛尔住在那儿。四十来岁，但不难看。第三次是巴迪开车带他去格雷兹惩教所，演示接上弗利后的逃跑路线，还有格兰和接应车辆应该在哪里等待。

地方就是这儿，奥迪停在收费公路向南车道的路边，故障灯一闪一闪，侧窗上贴着一张纸，写着"去买汽油了"。格兰等在矮松和小棕榈的树丛里，离奥迪足有五十英尺。要是有车灯开到近处变成公路巡警，格兰一转身就会逃跑，穿过树丛，爬下斜坡——也就是他们此刻正在向上爬的路线。那姑娘肯定是弗利的人质，但现在留着她还有什么用处？他应该把他留在后备箱里才对。

又等了几分钟，他听见他们走近。

第七章

凯伦对弗利说，要是他肯放开她，在黑暗中爬斜坡会容易得多。他松开她的胳膊，落后几步，说他只是想扶她一把，免得她踩到野草滑跤。凯伦说："你是说毁了我这身漂亮套装？"衣服后背和袖管沾上了他浑身的臭泥，树枝时不时勾住短裙。他说他只是不希望她受伤。

凯伦希望她以后有机会讲这个故事。和一个越狱的银行劫匪关在装满手铐和战术武器的后备箱里，他却想知道假如他们是在酒吧里认识的，情况会不会有所不同。

就像第一次约会，尝试互相了解。她老爸肯定会喜欢。

"然后怎么样？"这是个好问题。

弗利在她背后，欣赏着她苗条的身体，短裙里的双腿与他双眼齐平。她爬上斜坡，短裙紧紧包住她的臀部。巴迪走在前面。弗利说："送去洗衣店，账单寄给我。"他想和她说话，说点轻松的话题，但和她在一起，他很紧张，觉得有点尴尬。

她说："我寄到格雷兹去好了。"

看上去还是一点也不害怕。

他们来到斜坡顶端，穿过树丛。弗利看见了接应车辆，琥珀色的车灯一闪一闪。他没有看见格兰，直到听见他的声音。"天哪，你从哪儿爬出来的，下水道？"

格兰站在树丛边缘，巴迪对他说："那是白色吗？"

"有什么区别？我只找到这一辆车。"

格兰戴着太阳镜，一件破破烂烂软塌塌的雨衣快要拖到地面，里面是T恤衫和剪到膝盖的牛仔裤。

弗利说："摘掉你的太阳镜。"他语气很温和，凯伦·西斯科站在几英尺外。

"我戴着视力比较好。"格兰说。

"我说摘掉，"弗利说，"否则我就踩过来了。"

他知道凯伦在扭头看他，但还是盯着格兰。格兰耸耸肩，摘掉太阳镜，塞进牛仔裤的口袋。

"到车里等着。"弗利说。

格兰没有动弹，他说："你回到文明世界了，朋友，轻松点。"

"请你去车里等着，"弗利说，"这个怎么样？带上她，让她坐后面。"

格兰说："后备箱？"

"后排座位。"

"你为什么还需要她？"

弗利盯着他，等他的反应。

格兰说："越狱弄得你神经兮兮的，是吧？我知道，我也有过这个经历。但我在为你冒掉脑袋的风险。你少给我来上车等着那一套。我他妈的没必要在这儿，但还是来了。"

巴迪说："冷静，种马。冷静点。来，别说那么多。"

"种马，"格兰说，"咱们又是隆波克放风场上的老朋友了？我怎么觉得那是好久以前的事情呢？"他朝凯伦招招手，"来，照我说的做。"

她从弗利身旁走过，没有看弗利。弗利对格兰说："等一等。"

"你的雨衣给我，"弗利面无表情地看向巴迪，"有人忘了给我带干净衣服。"

巴迪不明白。他说："我带了，就在凯迪拉克的后座上。但你要开她的车……"

凯伦接口道："要怪就怪我好了。我不在乎。"

弗利只想对他们说天哪，我在开玩笑，他谁也不怪，他只想活跃一下气氛，摆脱他的尴尬感觉。但他做不到，只好乖乖闭嘴，看着凯伦走向格兰，格兰脱掉雨衣。

格兰说："您拿好了，大人！"叠一下，卷起来，扔在弗利脚边的草丛里。

格兰从牛仔裤口袋里掏出太阳镜戴上，抓住凯伦的胳膊走向奥迪。

弗利望着他们。

巴迪在他耳朵旁边说："你他妈什么毛病？"

弗利没有回答，看着格兰和凯伦站在奥迪旁边，格兰对她说话，凯伦和他一样高，面对面听他说。格兰扭头看了弗利一眼，然后打开车门。凯伦也看了弗利一眼，低头坐进后排。

她看着格兰绕过车头，打开车门，坐进驾驶座，车内灯亮了，凯伦在他关车门之前仔细看了他一眼。格兰转过半个身子，一条胳膊放在座椅背上。他稍稍低头，从侧窗向外张望，抬起手捋过头发。

"就像我说的，我自己也越过一次狱，在加州，所以我知道越狱能让你多么紧张，因为你已经是被通缉的逃犯了。但如果他觉得他能那么跟我说话……妈的，我在这儿待了半个钟头，看见车头灯往这个方向开，就祈祷千万别一停车结果是佛罗里达高速巡警，你难道觉得这个很好玩吗？我蹲在他妈的树丛里抽了一卷大麻。这会儿再来一卷我也不介意。你呢？"他扭头看着她，同时抬起手捋过头发。"遇到这种情况，你肯定吓得屁滚尿流吧。你听见我问他打算怎么处理你吧？他不肯说。知道为什么吗？他自己也不知道。在牢里，他能有多酷就有多酷，但这么一个人到了外头，成了逃犯，妈的他紧张得都没法正常思考了。他会放你走还是会崩了你？真糟糕，但我猜你只是在错误的时间来到了他妈的错误的地方。我看你大概刚下班……"他扭头又望着窗外。

凯伦俯身也向外看。她看见黑乎乎的树叶前有两个人，一个人握着她的霰弹枪，另一个，也就是弗利——他好像在解衬衫的纽扣，解得很费劲，低着头。两个人似乎在交谈。

"我的意思是你在里面也许是号人物，"格兰还是看着他们，凯伦向后一靠，"但回到外面的世界，如果你不知道何去何从，朋友，那你就完蛋了。我出狱后去北边转了一圈，开始策划我的买卖。我说的是大买卖。捞一把就能退休的那么大。我也想现在就下手，但一月份那儿他妈的太冷了。"他顿了顿，说："你知道他在干什么吗？脱掉肮脏的制服。他要穿上我的雨衣，彻底毁掉我的衣服。我在西布罗华德的一个跳蚤市场买的，十块钱。旧归旧，但妈的，那是正品防水布啊。这下我得想办法洗干净了。不过穿那个到底特律没啥用，十一月就能冻掉我的屁股。加利福尼亚，我待了那么久也没买过雨衣。来到阳光灿烂的佛罗里达——我来这儿可不是为了安德鲁，但每个人都在谈论它，然后去年夏末台风季开始，大雨下得跟什么似的，所以我买了件雨衣。

跳蚤市场，不管啥时候去都挤满了海地人，买各种各样的东西，根本不响的收音机，衣服，甚至罐头食品。我他妈不开玩笑。"

凯伦说："格兰？"

他转过脑袋，她看着他的名牌墨镜，小小的椭圆形镜片，金丝框。

"你不记得我了，对吧？"

格兰犹豫起来，不敢确定。

他说："肯定不是在格雷兹见过，你想的应该是这个吧？我可没进过格雷兹。"

凯伦摇摇头。

他抬起手，撩开遮住脸的头发。"但你确定我们见过？"

"两次。"

"真的？哪儿？"

"去年夏天，"凯伦说，"我开车从棕榈滩郡监狱送你去联邦法院，两次。你是格兰·迈克尔斯。我绝对不会忘记被我戴过手铐脚镣的人。"

他一动不动，也不说话，死死地盯着她，像是变成了石像。

凯伦说："咱们思考一下，格兰，看能不能琢磨个办法出来。车里有枪吗？"

弗利低着头，下巴顶着胸口，手指在解一颗被烂泥裹住的纽扣。巴迪看着他，说："你别拉。要是想解开——你看。"他把霰弹枪放在草地上，凑上去双手抓住警卫衬衫，一把扯开，纽扣四散，衣服撕裂。他在卡其布裤子上擦擦手，弗利把衬衫扔进树丛，捡起雨衣穿上。

"你为什么带上格兰，"弗利说，"我完全想不通。"

"因为我在这儿朋友特别多？"巴迪说，"他舍命陪君子，你待他却像一坨屎。"

"你有想法。他愿意来，这是唯一的原因。他要是偷车被抓，一定会做交易把我们供出去。"

"他话太多，没别的毛病。"

"我就是这个意思。"

"脱掉帽子。"

"不知道为什么，但每次他一开口，我就想打昏他。"

"他不是问题，杰克。"

"你看，我不能把她留在后备箱里。我能告诉你的就这么多。"

"但你也不想把她留在这儿。"

"她已经在车里了。你是想走，还是想站在这儿聊天？"

"我有的选吗？行啊，你先把脑袋从屁眼里拔出来，然后告诉我你为什么要带上她。"

巴迪等他回答。

"说得上来吗？"

"很难解释。"弗利说。

她拍拍他的胳膊，慢慢凑近，像是在爬向他，格兰完全扭过头去，直视前方，彻底不看她的脸——天哪，他拼命思考。他想知道弗利和巴迪在干什么，他们到底走不走，但不想去看，懒得搞清楚状况。等他们上车，他打算告诉他们，他把奥迪在不到半英里内开到了一百三十七迈，德国战车，朋友，真能跑……她叫了他的名字。

她说："格兰，别乱想，行吗？"她知道他正在拼命思考。她说："你听我说，你的处境很不妙，但我应该能帮你一把。"

他说："喂，等一等……"但他不知道然后能说什么。她又问车里有没有枪，这次的问法是："咱们车里有枪吗？"咱们。好像他俩是同谋似的。他想起了她的声音，当时他坐在通用公司的押送车里。她的声音很好听，从不抬高嗓门，连面对和她过不去的白痴时也一样。他记得你可以和她天南海北地扯各种话题，这姑娘的年纪不比他大。她又叫了他的名字。

她说："格兰，弗利逃不掉的。你自己都说他紧张得没法正常思考了。他要是被逮住……格兰，你也要倒霉。"她拍拍他的肩膀，他吓了一跳。她说："我要是有你这么好的头发，留这么长，我可绝对不会剪掉。"

她说："我能理解，你和弗利很亲近……"

"才不是呢。我在帮他，对……"

她拦住他的话头。"等一等。格兰，你帮助过他吗？在这个阶段，从法律意义上说，我觉得你不会被控协助越狱。所以你还有的选。"她说，"你可以帮助他，冒再次坐牢的风险，戴上手铐脚镣，祈祷遇到的法官通情达理，而不是铁石心肠。或者，你愿意换条路试试……"

她停下了。格兰说："怎么换？"

"我们关在后备箱里，"弗利说，"那么长时间，我们一直在聊天，说我们挺合得来都行。"

"天哪！"巴迪扭过头去，像是不想听他的话。

"你听我说，行吗？我一直在想，要是她和我……怎么说呢？在正常的环境下认识，比方说鸡尾酒廊……"他停下来，斟酌字眼，巴迪又扭头盯着他。

"你想带她去我家，"巴迪说，"洗澡刮脸，喷上须后水走出浴室，然后她说，'天，我完全看错你了'？"

"我只是想再和她聊聊。"

巴迪还是盯着他。

"太迟了，杰克。你就是你，不是黑就是白。咱俩还能怎么样？就是看着漂亮的好姑娘，心想，唉，我们要是没走错路……"

弗利开口想说话——他也不确定能说什么。重复刚才的话，不想轻易放弃？他听见格兰发动汽车，望过去，看见车头灯点亮。

"他想走了，"巴迪说，"想尽快离开，我不怪他。"

两人走向奥迪，然后忽然停下，看着奥迪启动，吱吱嘎嘎开上路面。他们看着后尾灯，直到奥迪沿着公路开出视野，两人谁也不说话。

第八章

医生说凯伦运气很好，她只有点脑震荡，但要她留院观察到明天，再做几个检查，确保万无一失。

老爸带着报纸杂志来到医院扎营，照顾他的好女儿。她的主管米尔特·丹西从迈阿密赶来，在她床边站了两个钟头。鲜花送来。雷·尼科莱来了，亲吻凯伦的面颊，爱抚她的头发，但只能待几分钟。他正在和暴力犯罪打击小组搜寻越狱罪犯。更多的鲜花送来。联邦调查局特别探员丹尼尔·博登走进病房，请她老爸回避，他们有话要问。他拿着一份凯伦当天上午向法院提交的证词。

这会儿是下午三四点，外面阳光灿烂，私人病房很舒服，鲜花堆在窗台上。

博登问她："吊的是什么点滴？"

"应该只是葡萄糖。"

"你够甜的了，凯伦。说说看，你脑袋上那个大包是怎么来的。"

"我的报告里不是写了吗？"

"你自己读吧，"米尔特说，"你拿着份报告就是为了读的。"

"我读过了。我想听听凯伦怎么说——如果她没问题的话，"博登说，"我他妈不在乎你有没有问题，米尔特。你都不需要待在病房里。这是我的调查。"

凯伦的视线离开怎么看都像律师的黑人探员，望向怎么看都是警察的超重老男孩法警，说："别揍他，米尔特，丹尼尔很有地位。我无所谓。"

博登对她微笑。"我喜欢你说话的腔调，凯伦，就好像你也是弟兄中的一个。那么，说说看到底发生了什么。你企图抢方向盘——那是在什么地方？"

"接近奥基乔比出口。我要打电话，想到了收费亭。我们开出下匝道，冲下斜坡，然后好像撞上了桥墩。"

"你肯定没系安全带。"

米尔特说："老天……"

"是没系，但刚坐到前排的时候我想过。"凯伦说，"我爬过去……"穿着紧身裙，把一条腿从椅背上伸过去，叫格兰不许看。真是这么说的：不许看。想到这个，她微笑了一瞬间。博登皱着眉头看她。她说："格兰飙到了一百迈，呼啸超车……不是我们开下路面的时候。我看见出口，就去抢方向盘，他猛踩刹车。我们冲了出去，车速大概五十左右。"

"他开到这种速度，"博登说，"那么急要去哪儿？"

"他不知道，他只是在逃跑。我试过劝他。我说，'你看，跟我一起回去，保你没事。你都还没犯法呢。'"

博登说："什么叫'都还没犯法呢'？他串谋协助逃犯，而且开着一辆偷来的车。"

"我告诉他不用担心那辆车，偷车要被抓至少三次才会坐牢，而且也不是板上钉钉的事。戴德郡去年有四万辆车被盗，三千人因此被捕，有一半根本没起诉。"

"向他引用这些统计数字，"博登说，"听着怎么像是在教唆犯罪？"

"我想劝他自首。"

"撞车以后你没再见过他？"

"等我恢复知觉，急救人员正在把我拖出那辆车。"

"据我们所知，"博登说，"也没有其他人见到他。"

米尔特又插了进来。"够了。别再烦她了。"

博登对法警抬起手，连看也不看他。

"至于绑架你的那两个人，有两点我一直觉得很奇怪。巴迪，对吧？还有他的朋友杰克·弗利。我查过他，这家伙活跃的时候大概抢过两百家银行。"

"真的？"凯伦深受触动，但声音很疲惫。"我问过他抢过多少家，他说他也不确定。他说自己从十八岁就开始抢银行了。"

"你和他谈过，对吧？"

"对，在车尾箱里。"

"都谈些什么？"

"哦……杂七杂八的，监狱，电影。"

"他抓你当人质，你和他谈电影？"

"这是很不寻常的经历。"凯伦直视博登的眼睛，调查局的大人物穿着漂亮的灰色正装和浅蓝色衬衫，打着领带。

"但我不是人质。"

"那你是什么？"

"我是他服刑五个月后的开胃点心。"

博登皱起眉头。"他侵犯了你，性侵犯？"

"不是那种点心。"凯伦说。

博登打量着她，她躺在病床上，身穿医院罩袍，胳膊上连着点滴瓶。他大概不知道该怎么往下问了，凯伦也没什么兴趣帮助他。

"他想亲近女人，所以和你一起爬进后备箱。"

"我不知道。"凯伦抬头看着博登，床边的他像是有十英尺高。

他说："弗利让我想起一个叫卡尔·蒂尔曼的家伙，你和他约会过，结果发现他抢银行。还记得吗？我当时说这情况真是太不寻常了，联邦法警和银行劫匪睡觉。"他微微一笑。"然后你让这个叫弗利的逃掉了，你看，我就不得不怀疑，知道我怀疑什么吗？"

"什么？"

"你是不是特别喜欢银行劫匪。"

"你不是开玩笑？"

"难说。我也不确定。"

"我和卡尔·蒂尔曼约会的时候，又不知道他抢过银行。"

"对，但我有足够的理由相信他抢过，我也这么告诉你了。所以你至少应该有所怀疑。"

凯伦说："卡尔后来怎么了？"

博登再次微笑。"后来吃了你的子弹。但你没有对弗利和他的同伙开枪。他们没有武器，你有霰弹枪，却让他们把你塞进了后备箱。好，然后你拿到了西格绍尔。你在报告里说你无法转身，他死死按住了你。但箱盖打开，你为什么没有撂倒他们？"

凯伦说："换了你就会那么做？"

"你在报告里说格兰没有枪，但你也让他逃掉了。"

凯伦说："丹尼尔，你不佩枪的，对吧？"

他犹豫片刻。"你怎么知道？"

"绝大多数时候你查的是什么案子？欺诈？追的是不老实的会计？"

"凯伦，我在调查局待了十五年，参与过各种类型的调查。"

"你开枪打过人吗？你有多少次是带队调查的？"

"我必须有资格，对吧？"

"你必须知道你到底在说什么。"

她看着他耸耸肩，开始转身，抚平双排扣灰色上衣的前襟。他忽然停下，说："咱们换个时间再聊，凯伦。可以吗？我想知道弗利为什么要让你上接应车辆，他明明没有这个必要的。"

"那就得问他了。"凯伦说。

"我觉得他似乎想把你留在身边。咱们回头见，凯伦。"博登转身走了出去。

几秒钟后，她老爸走进病房，米尔特·丹西说："白人的负担①。在迈阿密我们的人这么叫他。"

---

① 博登与负担（burden）同音。

她老爸说："迈阿密、迈阿密海滩、戴德郡的所有弟兄都这么叫他。他最擅长的就是惹人生气。"

"对，但他很会打扮，"凯伦说，"注意到他那身衣服了吗？"

"那套行头，"她老爸说，"让我想起弗雷德·阿斯泰尔的风格，衬衫和领带就是这个色调。弗雷德·阿斯泰尔，那才叫会打扮。"她老爸顿了顿说："感觉怎么样？饿了吗，想吃东西吗？要不要喝啤酒？我可以出去买。"

"明天吧，"凯伦说，"我至少一个星期不能乱动。我在想，我能不能去你那儿住几天？咱们总算有时间可以聊天了。"

"聊什么？"她老爸歪着头看她，"你放跑的那些家伙？你想使唤我，对不对？让我帮你查什么。"

"你是我老爸。"

"所以？"

弗利拿着一份信用卡申请宣传册，封面上用粗体写着：需要钱吗？你找对地方了。

打开内页，几个大标题写着"车贷""房贷""生活贷"，但找不到"跑路贷"。弗利合上小册子，揣进口袋。他站在店堂中央放表格的玻璃柜台前，继续研究银行的平面布局。五个服务窗，三个有柜员，柜员背后的墙上高处有监控镜头，视线范围内不见保安，一位客人出去，一位客人进来，是个拎公文包穿西装的男人。弗利看着他推开门，走进银行前侧隔开的营业区，一名经理从办公桌前起身和他握手，两人落座，男人打开公文包。弗利戴着崭新的迈阿密马林鱼队棒球帽和太阳镜，走向一个服务窗，年轻的女柜员顶着堆得高高的黑发，对他露出微笑，柜台上的名牌写着洛蕾塔。

她说："先生，您要办什么业务？"

弗利说："洛蕾塔，看见和你们经理谈话的那个男人吗？拎着公文包那个。"

她说："那是古因东先生，我们的经理助理之一。我们的经理是舍恩先生，他今天不在。"

"但你看见那个男人了，"弗利说，"带着公文包那个？"

洛蕾塔望过去。"看见了。"

"他是我的搭档。公文包里有把枪。你要是不按我说的做，或者给我找任何麻烦，我朝我的搭档使个眼色，他就会一枪打在古因东先生的脑门中央。现在，请你取出一个最大号的信封，能装多少钞票就装多少进去，只要一百、五十和二十面额的。别让我见到银行纸带和橡皮筋，我不要染色弹，也不要能追踪的钞票。从第二个抽屉开始，然后是电脑底下的那一个。来，洛蕾塔，开始吧。别紧张，钥匙就在你旁边。别拿最底下抽屉里的钱。就这样，你做得很好。要是有地方就把那些二十块也塞进去。微笑，别让人看出来我在胁迫你。来，二十块的给我，我装在口袋里。好了，我不需要给搭档打信号了，皆大欢喜。现在，等我出去之后，他会再等三十秒，确保你没有偷偷塞给我带染色弹的一沓钞票，或者触发警报。如果你那么做了，他就一枪打在古因东先生的脑门中央。好了。我看这样就可以了。谢谢你，洛蕾塔，祝你今天过得愉快。"

弗利低头屈膝走出正门。有些银行会在门口六英尺处做个标记，柜员看着他出去，说不定能估量出他的身高。

巴迪坐在一辆黑色本田里，看着他穿过柯林斯大道。弗利坐进车里，他们开车离开。巴迪说："你比我厉害，前一天越狱，第二天就开工。"

"隆波克，"弗利说，"你接我出来，我们同一天就抢了波莫纳那家银行。"说完他安静下来，望着车窗外的粉色旅馆、白色旅馆、黄色旅馆——全都过了黄金年代，但还在营业。他说："事后我总是有点沮丧。"

"等你缓过神来就好了。"

弗利把他在银行拿的小册子递给巴迪，巴迪笑了。

"'需要钱吗？你找对地方了。'这个没错。好像他们求你去抢似的。真不明白为什么十个银行劫匪有九个会落网。"

"因为他们嘴巴太大，"弗利说，"要么就是犯浑，自己惹祸上身。我在沃思湖为阿黛尔抢银行那次，结果进了格雷兹。我开车从银行离开，穿后街小巷，最后开到迪克西公路。我等交通灯变绿，打算左转弯，这时候听见背后一辆车踩油门——那家伙开一辆红色火鸟跑车——加速，绕到我前面，轮胎磨得吱吱响。他以为我是退休老人，拐个弯要等三年。老子刚他妈的抢了银行，一个开火鸟的家伙居然要给我好看。"

"然后你就追上去了。"巴迪说。

"我左拐冲上去，开了一英里追上他，开到他的驾驶座旁边。我离他很近，就想看我能开得多近，然后我盯着他，对他使个眼色。他加速，我又追上，这次我蹭了他一下，从侧面轻轻一碰。我开的是一辆本田，和这辆很像。"

"我读到过这是偷车贼的首选，"巴迪说，"你的本田。"

"对，我也读到过。总而言之，我撞过去，结果爆了轮胎，方向盘失灵，车一直向右偏，我只好停车。开火鸟的那家伙，我估计他根本不知道发生了啥，一转眼就不见了。我才坐了两分钟，一辆郡局的无线电警车就靠边停下。'先生，您似乎遇到麻烦了？'没麻烦，我刚抢了银行，该死的车坏了。除此之外一切都好。他查我的驾照，结果收到银行的报警记录——有人看见我的车。再抬起头时，他拿着大号镀铬史密斯维森指着我的脑袋。我印象中我只有那一次没控制住脾气，害我被判三十年到无期徒刑。"

"等你老了，"巴迪说，"会觉得这是个好笑的段子。"

"要是我还活着。"

"我去讲给我姐姐听，看她笑不笑，"巴迪说，"每周打电话给她之前，我都要想些话题，否则我们会一阵一阵地沉默好久。"

"然后不是天气预报就是天气报告。"弗利说。

走堤道穿过豪洛韦尔水道时，弗利把崭新的马林鱼队棒球帽扔出车窗。几分钟后，他们把本田车留在商业区的一家购物中心，坐进巴迪的车：一辆八九款奥兹短弯刀，栗红色，他在洛杉矶用现金买的，花掉了他某次抢银行的收入和身上的零钱。

弗利坐在一张仿丹麦沙发上，沙发摆在一个房间的正中央，白色墙壁光秃秃的，有一台电视机和巴迪买的几盆植物。在银行抢到的现金，经过清点放在咖啡桌上，整整齐齐的一摞，压成一卷还不到两英寸厚。巴迪在水泥阳台上读报，弗利提高嗓门对他说："三千七百八十块。洛蕾塔只有这么多。"他起身走到阳光底下。"说起来，她应该减掉点体重，好好做个发型。"

巴迪说："看见你的照片了吗？他们要是分发这张，你愿意去哪儿都没问题，谁也不会认出你的。"

"正面大头照，我那天状态不好，怎么看都是个恐怖分子。奇诺那张，至少比现在重三十磅。"弗利低头看着巴迪打开的报纸，七张大头照在头版一字排开，上面是红砖监狱的彩色照片。

"奇里诺，也就是奇诺。他退出拳坛，很快就发福了，开始跑步后才恢复体型。里纳瑞斯，可爱的那一个，也就是露露，奇诺的女朋友。"

"只有他们俩逃掉了，"巴迪说，"'弹如雨下，四人在围栏外被打倒。'全都因为谋杀在服二十五年到无期徒刑。你的好朋友奇诺，报纸说他用大砍刀砍死一个人。"

"他被合约捆住了，"弗利说，"欠了很多钱，被迫故意输掉一场比赛。但他没有按约定在第四局倒下——他和一个白小子打，实在没法让自己倒下去，等到第六局才认输。那次放水的结果是：不但拳赛主办者不肯付钱，奇诺还输掉了他登顶的所有希望。几年后他的职业生涯结束，于是他操起一把大砍刀，冲进迈阿密海滩第五街健身房，砍死了那个主办者。"

巴迪说:"里纳瑞斯……"

"就是露露。"

"对。报纸说他和室友因为一袋大麻争吵,他用一把MAC10对他室友的头部连开九枪。天哪。"

"而且那家伙还在睡觉,"弗利说,"我觉得事情不完全是因为大麻,似乎还有嫉妒。奇诺说露露遇见他之前是直的,但我不相信。他太擅长当小受了。"

"报纸说警方集中力量,在迈阿密的小哈瓦那搜寻他和奇里诺。"

"在哪儿搜寻我?"

"还没读到你呢。"

弗利戴上太阳镜,走到水泥栏杆前,望着大海、沙滩和七层楼下的庭院、泳池,所有东西不是粉红就是雪白。

"提到狗哥没有?就是给我衬衫的那个警卫。"

巴迪从报纸上抬起头。"还以为你读过了呢。"

"扫了一眼。从礼拜堂挖地道出去的线路图相当准确。"

"找到了。说他被越狱囚犯用武力制服。'警卫看见那几名囚犯走进礼拜堂,起了疑心,前去阻止……'想知道他们为什么不回牢房等晚间点名。'他丧失行动能力后,遭到囚犯约翰·迈克尔·弗利的屡次殴打'——提到你了——'凶器是取自建筑场地的一根二乘四木梁。弗利穿着警卫的制服逃出监狱。'说你因为武装抢劫在服三十年徒刑。"

"我那次没有武装。我也没有屡次殴打警卫，一棍子就撂倒了。奇诺读到这个，肯定会有不好的想法。"

"联邦调查局、郡警察局和佛罗里达执法局都在找你，但没具体说在哪儿找你。他们认为你或许'已经逃离美国'。"

"我确实亡命天涯好几次，"弗利说，"但我好像没有'逃离'过。你逃离过吗？"

"当然，有次我读到我逃离了抢劫现场。怎么没提到格兰？"

弗利看着他，等他念下去。

"他们在南大道的假日酒店找到了那姑娘的雪佛兰，就是咱们扔下那辆车的地方。没提到咱们在哪儿偷的车。说雪佛兰是在监狱停车场被抢的……"

"没提到凯伦？"

"就快读到了。雪佛兰为联邦法警局所有。有了。'法警凯伦·西斯科警员驱车从西棕榈滩办公室到格雷兹惩教所，递送一份由某囚犯提出的传票和诉状。'没说后来的……不，有了。'警方认为弗利在逃跑时使用了她的车辆，将其留在假日酒店。'"

"然后他在假日酒店洗了个热水澡，上床睡觉，"弗利说，"警方难道不知道我们带走了她？也许知道，但出于某些原因没有公布。"

"没提到我，"巴迪说，"也没提到协助越狱。怎么会这样？我是说她既然逃掉了，警察肯定会知道有我一份，对吧？"

"她从我们手里逃掉了，唉。"

但她和格兰开车离开后发生了什么呢？

昨晚他想着她，躺在硬邦邦的沙发上拼命哄自己入睡，今天他又想了她一天。这会儿他望着大海，又在想她。

巴迪说："很美，对吧？不知道你喜不喜欢看风景。我觉得你不该再出门了。反正几个星期内别乱跑。你抢一家银行的欲望是从心底里来的。坠马一次又爬上去。我想咱们可以雇一艘船，送咱们去巴哈马待一阵。就在豪洛韦尔码头找艘渔船。按行价买通船长。这个主意怎么样？"

"我想知道格兰在哪儿，"弗利说，"还有他把凯伦怎么了。"

"我猜开到某个地方，他把她推下车，然后继续向前开。换了我肯定这么做。"

"你不认为是她说服了格兰？"

"怎么说服的？"

"那是她的事情。格兰有没有来过这儿？"

"我没告诉过他我住哪儿，也没给过我的电话号码。"

"阿黛尔呢？"

"她有我的号码，但从没用她的电话打给过我。"

"要是警察逮住格兰，他一开口可就停不下来了。他分分钟会供出阿黛尔。"

巴迪说："警察只要一查你，就会发现你结过婚，后来又离了。然后会查到阿黛尔的名字——婚前婚后的名字都能查到，还有她的出生日期。他们会找到她的，这是铁定的。我都跟她说过，要是弗利逃出来，警察会来找你。她说，'我知道个啥？'阿黛尔那儿你可以放心。"

"我在想，"弗利说，"你可以打个电话给格兰。他要是逃走了，觉得自己很安全……"

"要是他没有逃走，警察在监听他的电话呢？"

"我们可以打到西棕榈滩的法警办公室。"

"干什么？"

"看凯伦在不在。"

"要是在，那又怎么样？"

"她没事，说明他没有——你懂的——对她怎么样。"

"万一警察有那种反查装置呢？能给出来电者的电话

号码？"

"用公用电话打。"

"你还在想她。"

"我想知道究竟发生了什么。"

巴迪折好报纸，站起身。"我尽量试试吧！"他说着走出了公寓。

他们昨晚回来的时候，一个老太婆问他们是不是来给她送氧气的。弗利还以为他进了养老院——大堂里坐着的都是老太婆，还有几个瘦巴巴的老男人。巴迪在电梯里说："他们会拦住我，问我是不是洗衣工，是不是干洗店或者杂货店的。他们在外面的庭院里，他们坐在大堂边上，他们就像电话线上的鸟儿，眼巴巴地看着周围的所有事情。想象一下，你带那个法警姑娘进门，上七层楼，能不引来任何注意吗？你倒是没问题。他们能理解你穿雨衣。他们看见一朵云飘过来就会穿上雨衣，套在镶珠子的毛衣外面。我这辈子从没在一个地方见过这么多镶珠子的毛衣。"

弗利昨晚对他说："但我要是没失手，你还是会让我带上她的。真对不起，我表现得那么混蛋。那一阵儿应该已经过去了。"

"换了我，说不定也是那个德性，"巴迪说，"五个月来她是你见到的第一个真姑娘，而且很好闻，对吧？"

昨夜和今天一个白天，弗利不停地看见各个时刻的她：车头灯下，把她塞进后备箱之前，她的面部特写，她钻出后备箱，她站在路上，爬斜坡时从背后近处看见的她。这些画面一次又一次跳进脑海，他慢悠悠地仔细打量。他一次也没有从性爱的方面想到她，比方说想象她的裸体。但他会记得她的触感，他的手抓着她的胳膊。他还能听见她的声音。"为什么，你很有名？""你是在开玩笑对吧？""你赢了，杰克。"这是他最爱的一句。"你赢了，杰克。"他在脑海里翻来覆去播放这一句。她说："巴迪，他爹妈给他起的名字？"因为他说走嘴了，说开车的是巴迪。话太多。然后尽量找补，说那是他起的外号。他还说了什么不该说的吗？凯伦一个字也没有放过，始终警醒。她比他精明。比上过大学的格兰也精明。弗利很确定是她说服了格兰甩掉他们逃跑。格兰一个人等得太久，吓得要死。但她不可能还带着格兰，对吧？假如她说服他自首，报纸上肯定会登。假如她没有说服他自首，那后来发生了什么呢？

巴迪没离开多久就回来了。弗利在外面晒太阳，巴迪也走到阳台上，坐进一把塑料躺椅。

"我打给格兰。小伙子的答录机说他不在，请留言，但我没说话。"

"换我也不说，"弗利说，"对面明明没人，何必自言自语。法警办公室呢？"

"我问凯伦在不在，他们说她在休假，下周才回来上班。"

"我最后一次见到她是看着她在收费公路疾驰而去，"弗利说，"第二天就开始度假。我怎么早就料到她不会在办公室呢？"

"我看是因为你想得太多，"巴迪说，"你知道你在干什么吗？担心一个在执法单位工作的人。一个姑娘想对你开枪，你却想和她坐下来喝鸡尾酒。听见我说什么了吗？"

弗利说："我不该把你拖进这件事的。"

"我又不是傻子，"巴迪说，"我说，你到底想不想去巴哈马？你说了算。"

有一定道理。弗利点点头，"确实也该换个环境了。我们有足够的现金……三千七百八十，还不赖。我这次用的是和银行经理说话的男人是我搭档。他不知不觉就成了我的同谋。"

"我听过一个招数，"巴迪说，"那家伙先讲个笑话，让柜员放松心情，然后递给她一张字条，上面说，这不是开玩笑，交给我所有大面额的钞票。"

　　"相当不赖。"弗利又点点头，似乎在琢磨这个招数。最后，他说："你知道，过了一段时间，每次都是重复老一套。你会开始琢磨怎么弄得有意思一点。"

　　"什么工作都一样，做着做着就做厌了，"巴迪说，"但还有别的行当嘛，比方说偷窃，入室抢劫……"

　　弗利摇摇头。"我不想当窃贼，太偷偷摸摸了。而且很辛苦。要偷电视机，你需要一辆卡车。要偷珠宝，你必须知道它值不值钱。"

　　"入室抢劫去的是住家，"巴迪说，"你闯进去，就是武装抢劫。或者咱们可以抢超市，还有酒铺子。"

　　"那还不如继续抢银行呢，"弗利说，"反正都是武装抢劫。"他从躺椅上爬起来，放眼眺望大海。"我还是想知道究竟发生了什么。"

　　"唔，和格兰聊一聊就知道了，"巴迪说，"警察要是逮住了他，报纸上肯定会登，要么就是他躲起来了。还有一种可能，他又去底特律了。"巴迪开始点头。"我第一次和他聊的时候，他刚去过底特律踩点。还记得那个华尔街骗子吧，掠夺者迪克？他就住在底特律。"

　　"里普利，"弗利说，"当然记得，囤了五百万现金。格兰还在说这个？"

　　"他想去格雷兹看你，问你有没有兴趣。"

"现在似乎就有了。那么，你认为格兰在底特律？"

"如果他没有被关起来的话。他把咱俩扔在公路上，肯定不会留在这儿。"

"我并不生气，"弗利说，"我以前怎么看他，现在还差不多。但要是他去了底特律，事情又很顺利……"

"他有史努比·米勒帮忙。还记得那时候他怎么拖着史努比吗？他已经不打拳了，格兰说他在给其他拳手当经理。要我说，咱们只需要搞清楚他们在哪儿打拳，然后就能找到史努比。"

"找到史努比，就能带我们找到格兰，"弗利说，"我们帮他抢里普利。是这个意思吗？"

巴迪说："只要你不介意闯进那家伙的住所。"

"让我觉得倒胃口的是鬼鬼祟祟在黑暗中摸索，"弗利说，"但不试试看天晓得会不会喜欢呢。我从没试过秋葵，哪怕住在新奥尔良那会儿也没试过，然后我就长大离开了。现在我想吃也不知道去哪儿找。"

"换个角度看问题，"巴迪说，"没有比工作更能让你不胡思乱想的了。"

第九章

凯伦的老爸读着报纸，说："警方终于出悬赏了，一万块，给提供线索帮助逮捕……"

门铃响了。

"一个人一万。不知道谁能挣到那三万块。"

凯伦站起来走出房间，听见老爸说"他迟到了"，还有什么错过了他的节目。这是越狱事件后的第三天，时间是晚上八点五十。她打开门，雷·尼科莱在门廊灯下对她微笑。他说这儿树木植被太茂盛，他找不到屋子在哪儿，进门时说："外面和丛林似的。"

"就是一片丛林，"凯伦说，"我问我老爸还记不记得屋子什么样。他说，唔，是白色的。"

"他需要一个园丁。"

"他有好几个园丁，他喜欢与世隔绝。我老妈还在世的时候，你从街上就能看见这幢屋子。她每天都在外面剪枝除草。"

"那么，你住得还舒服吗？"

"他休息一周陪我，结果每天打高尔夫球。午饭时看《危机时刻》，吃过午饭看英国谋杀侦探剧。《莫斯探长》《韦克斯福德》……绝对不会出现MAC10和血溅墙壁。"她边说边带着雷穿过黑洞洞的屋子，来到有纱门纱窗的客厅，椅子和沙发套都是绿色和红色的木槿图案。

老爷子拿着报纸坐在柔和的灯光下。外面隔着花园和一大片草坪就是千层树乡村俱乐部的五号球道。凯伦介绍道："我老爸。雷·尼科莱。"她看着他们握手，说："雷在暴力犯罪打击小组，调查这次越狱案件。"

"我看见了。"老爷子说。雷转身面对凯伦，拉开上衣，露出T恤上的红色"打击小组"字样。"免得别人不知道他是干什么的。"老爷子在背后说道。

"我之所以迟到——"雷只说到这儿，老爷子打断了他："雷，回答我一个问题。"

凯伦一下子紧张起来，但随即觉得不会有问题。她老爸摊着报纸在找新闻看，他不会问雷的个人生活，结婚，分居，是不是还住在家里，等等。

"就是这个。头版头条，《一位惊魂未定的迈阿密女性称：我和谋杀犯睡了觉》。她住在小哈瓦那。这家伙敲开她家门，说他刚划着筏子从古巴到美国，谁也不认识，没地方可去。她给他做猪排和米饭，再一眨眼就在沙发上做爱了。她说他非常温柔。"

"我和她谈过，"雷说，"那家伙说他很想念他的女儿，女人觉得他很可怜。"

"你们就查到了这些？"他又看着报纸说，"你听听看。'事后，她去卧室和子女睡觉。'她说，'我不允许丈夫之外的任何男人上我们的床。'丈夫出差办事去了。第二天早晨，她给那家伙做麦片当早饭，打发一个孩子去杂货店买高露洁剃须泡，中性香味。"

"你看见了？"凯伦说，"那是背书，广告。越狱逃犯如此信赖高露洁剃须泡。"

"中性香味，"老爷子说，"不，我奇怪的是他们怎么知道那家伙是奇里诺。"

"根据体貌特征，"雷说，"连文身都符合，两条前臂上各有一只蜜蜂。刺拳如蜂蜇，他进去之前是拳手。女人说他偷了她丈夫的枪，点二二手枪，还有他的几件衣服……但我还有最新消息。"

"等一等。"凯伦的老爸举起一只手。"女人是已婚的。她和这男人上床，因为他想念女儿，然后对全世界广而告之。但你们没有公布她的名字，要保护她。好像只要不被她丈夫发现就没事似的。就好像一个男人背着老婆偷情，说她不知道就不会伤害她。"

老爷子拿起酒杯，凯伦说："还是听雷说说最新进展吧。"

"今晚的新闻肯定会播，"雷说，"我们抓住了一名逃犯。"

老爷子放下酒杯。"不开玩笑？在哪儿抓住的？"

"西戴德地区，接近收费公路。"

"我看见你们提出悬赏……"

凯伦说："老爸。"

"……我就对自己说，这几个人完了，没戏了。"

凯伦说："老爸。"

他抬头看她。

她问雷："是弗利吗？"

他们在甘蔗地里跑了将近五英里，来到二十七号公路上的加油站，爬上一辆大型半挂拖车的车斗，在当晚来到这里，找到这个叫"el Hueco"也就是"洞窟"的地方：藏在草丛深处的移民营地。人们住在用废弃物搭成的窝棚里，材料从三合板、波纹钢板、旧门到车座不一而足，住的全都是古巴男人，没有女人。奇诺说他划着筏子从古巴来，筏子散架了，但感谢圣母玛利亚，他游上了岸。他说他不认识和他一起来的那个人，虽说两人穿着相同的衣服，他尽量不和露露出双入对。他对露露说："别再跟着我了。离我远点儿。"第三天，任何一个移民只要识字会读报，就可以走一英里去找公路巡警，把他俩卖个两万块。

那天早上，露露拿着报纸来找他，说他怎么能和那女人睡觉。奇诺说是啊，没错，他去找女人了，他有八年没睡过女人了。露露说："但你有我啊。"露露看起来非常伤心，还有嫉妒的婆娘那种不可理喻的愤怒。九年前他用冲锋枪打爆室友的脑袋大概也是这样。奇诺给了露露从女人家里拿来的衬衫和长裤，说等天黑了咱们再碰头。现在他要去找一个人，这个人煮古巴咖啡，抽古巴细雪茄，用收音机听古巴电台——他叫圣地亚哥，训练斗鸡，在铁丝笼里养剃掉腿毛的大公鸡。这个家伙自从马里埃尔移民潮就住在这儿了，非常熟悉这个世界。奇诺对圣地亚哥说："看见那个和我说话的人了？他是同性恋。"

"我看也是。"圣地亚哥说。

"我还知道他是杀人犯，因为个人原因想杀我。但我不能去找警察，警察和我有点过节。但如果你去告诉他们上哪儿找这个同性恋，他们会给你一万块。明白我的意思吗？"

"一清二楚。"圣地亚哥说。

"我们的号码和西南二十七大道指挥中心的地址都登在报纸上，所以这个人知道去哪儿找我们。"雷·尼科莱说道。

雷坐在沙发的一头，紧靠凯伦的老爸。雷抬头看一眼凯伦——凯伦不肯坐下，她穿牛仔裤和衬衫，下摆没有掖进裤腰。雷对他们说："这个人叫圣地亚哥，叼着一截熄火的雪茄进来，说要举报两名越狱逃犯，他们躲在机场另一头的流浪者营地里。我去过那地方，取缔非法斗鸡，完全是个种着香蕉树的垃圾场。我们拿出一堆照片给他辨认。他指着奇里诺和里纳瑞斯说，'他还有他。我的钱在哪儿？'我们请他坐下等着，我们去去就来。六点半，我们冲到营地，执法局、联邦调查局、戴德警局、当地警方，甚至还有渔政局的都出动了。我们就位之后，几架直升机飞过来，把营地照得像是足球场。你能听见斗鸡的叫声，听见那些人用西班牙语嚷嚷，吓得半死，举着手从窝棚出来。命令是这样的：看见任何人逃跑，先警告，要是不立刻停下，就开枪。里纳瑞斯迎面撞上一个戴德警局的人，爬起来继续跑，吃了四颗子弹。我们到处找奇里诺，每一块石头都翻开看过了，但他不见踪影。里纳瑞斯死在送往杰克逊纪念医院的路上。"

凯伦拿出一支烟，捡起她老爸座椅旁边桌上的打火机。她老爸问雷："你们把赏金给他了吗？"

"当然，一回来就给他了。"

"怎么给的，签支票？"

"不，现金。时间很晚了，银行已经关门——我问圣地亚哥愿不愿意把钱存放在我们的保险箱里，等明天再拿走。开玩笑？没门。瘦巴巴的老家伙，肤色黝黑，看着也像只鸡。他用购物袋装着一万块走出去。"

凯伦狠抽一口，吐出烟气。"弗利不在？"

"那地方只有古巴人，"雷说，"有车来接弗利，所以他肯定有自己的计划。似乎只有他知道自己在干什么。"

深夜新闻结束，天气预报开始，巴迪按了一下遥控器，关掉盆栽环绕的台子上的电视机。弗利和巴迪坐在仿丹麦沙发上，一动不动。

"你怎么看？"

"我看奇诺应该找个更好的地方藏起来。那儿看着像是游民丛林。"

"他们说他不在那儿。"

"露露在，他就在。只是他跑掉了。知道我在想什么吗？"弗利说，"他会不会认为是我害了他。你看，他问我要不要和他走。我说不要，但没说我有我的计划。"

"为什么不告诉他？"

"因为不关他的事。但现在他翻开报纸，看见我也逃掉了。他知道事情和狗哥说的不一样，我们没有在礼拜堂里一起殴打他。他会问自己，我和狗哥在礼拜堂干什么？我有没有告诉狗哥他们要逃跑？我确实说了，但那是为了骗狗哥去礼拜堂，为了他的制服。就算狗哥不在礼拜堂，没有看见他们逃跑，他们也不一定都能逃掉。你明白的，他们一出去就会被七号瞭望台上的看守发现，或者他们碰到围栏，运动感应线路触发警报……"

"他在为自己的小命逃跑，"巴迪说，"才不关心你怎么样呢。"

"除非他认为我告发了他。要真是那样，他会来找我。这些人就有这个劲头，特别喜欢寻仇。"

"对，但他永远也不会找到你。他怎么可能找到？"

"也许通过阿黛尔。"

"他知道阿黛尔的住处吗？"

"我没告诉过他，当然没有。但有一次我们喝着朗姆酒，怎么说呢？掏心窝子。他说他怎么从古巴来美国，他是一九四七年生的，那年他十二岁。他说他怎么从小就想打拳，有过得冠军的机会，最后被自己搞砸了，就是因为那次比赛放水。我提到阿黛尔，说我为了给她弄点钱去抢银行，结果跟一个开火鸟的家伙赛车被抓……"

巴迪说："只要你没说她住哪儿就行，黄页里没列她的名字……"

"没有，但我提到她为魔术师做事，奇诺很感兴趣。明白吗？他见过女人被切成两半。他在维加斯打拳时看过一场演出。笼子里的女人怎么变成老虎？阿黛尔有没有变成过动物？他想认识她。或者她来看我的时候瞅她一眼。"

巴迪站起身。"我去拿个百事轻怡。你要吗？还是啤酒？"

弗利摇摇头。巴迪走向厨房，忽然停下。"你说了魔术师叫什么吗？"

"神奇术士埃米尔，"弗利说，"对，好像说了。要么帮我给阿黛尔打个电话？以防万一。"

"我该怎么对她说？"

"不要和古巴人说话。"

"警察肯定在监听她的电话。"

"她认得出你的声音吗？"

"应该可以。"

"那就直接说，然后挂电话。"

天一黑，奇诺就走出营地，顺着小路走到十二街，向东经过几片野地，来到孤零零独自耸立的自由古巴咖啡馆。圣地亚哥说这是他买醉的地方，奇诺估计他今晚肯定会来庆祝自己大发横财。他买了六瓶北极啤酒，走到马路对面的树荫下等着。就像他在第五街健身房等拳赛主办人那样等这个斗鸡佬。他的人生由于无数原因走到这一步，全都超出他的控制。

双手断的次数太多。

始终没有机会好好训练。

一直没有能左右拳赛主办人的好经理。

买不起纱布缠拳头，只能用棉布，每天训练后清洗。

还有什么？

他甚至没有带兜帽的跑步服。

最重要的：从来没有关心他的人好好照顾他。护理助手应该告诉他，眼睛上挨了帕洛米诺那一拳以后，不该着急清理鼻子。擤鼻子会对血管造成压力，眼睛因此肿得睁不开，该死的裁判中止比赛——就是杰克·弗利在维加斯看的那场比赛，或者他号称他看了的那一场。这个谁也说不准，因为弗利是个撒谎精，假装和他称兄道弟。那次一是运气不好，二是擤了鼻子。要是不擤鼻子，他肯定能打倒卡洛斯·帕洛米诺，然后对战库埃瓦斯和本尼泰斯，杜兰，库利，随便哪个，这样就不需要放水输给那个白小子了——他光用左手也能赢那小子。

在自由古巴咖啡馆对面的树荫下，他喝掉一罐啤酒，等待，开始喝第二罐。他从那女人家偷走的枪是一把鲁格点二二，枪管细长，他觉得那是打靶用的，而不是大口径武器，但收拾圣地亚哥应该够了。七点半，他听见警用直升机，看见探照灯照亮大约一英里外的游民营地。他不确定是不是听见了枪声——可能有。他继续等待，小口喝啤酒，免得一下全喝完。三小时过后，他看见圣地亚哥的皮卡从迈阿密方向驶来，破车旧得都没法分辨牌子了。他走过马路，枪插在腰间，用那女人的丈夫的衬衫遮住。皮卡在咖啡馆门口停下，前后各有几辆车，圣地亚哥下车锁门。奇诺叫了他一声，圣地亚哥转过身。在路灯和自由古巴的红色霓虹灯下，奇诺看见他的表情从惊讶立刻变成了无辜，瞪大眼睛，准备应付他，甚至挤出笑容。

"他们给你钱了？"

"完全就是你说的。"

"钱在哪儿？"

"哦，你以为在我身上？不，我留在警局的保险箱里了，他们说我明天可以去取。"

奇诺扭头去看皮卡里。"袋子里是什么？"乘客座的地上放着一个购物袋。

"我买的几样东西。"

奇诺说："喝杯啤酒？"

他从没见过哪个人能装得这么感激涕零。圣地亚哥说"那敢情好"，又露出微笑，转身走向咖啡馆。

奇诺抓住他细瘦的胳膊。"不用进去。我已经买好了。何必浪费。"他拉着圣地亚哥过街，圣地亚哥说不要，咱们还是进酒吧好了，今天我请客。说什么他要分奇诺一半赏金，打算明天给他一个惊喜。到了树林里，奇诺说："我要用你的皮卡。"圣地亚哥说，行啊，随时可以。奇诺说："车钥匙在哪儿？"圣地亚哥说在他上衣口袋里。那是一件黑色尼龙上衣，兜帽吊在背后。

奇诺说："脱掉。"圣地亚哥说不管他要不要，衣服都是他的了。他转身望着马路对面红色霓虹灯下的咖啡馆，看着门口的轿车和他的皮卡，店里有人，但没人出来，他脱掉上衣。奇诺站在他背后，从腰间拔出手枪。他一枪打在圣地亚哥的后脑勺上，圣地亚哥倒在地上，他又补了两枪。奇诺用上衣盖着手里的枪，过街走向皮卡，上车开往迈阿密，去找黄页电话簿。

第十章

"她现在叫阿黛尔·德利塞，"凯伦说，"结婚前的本名。一九八六年在拉斯维加斯嫁给弗利，第二年在洛杉矶郡申请离婚。阿黛尔今年四十二岁，住南海滩地区，柯林斯大道的诺曼底公寓。"

他们坐在厨台前，凯伦边抽烟边喝咖啡。她老爸穿着高尔夫球装，正在吃早饭：法棍面包做的芝士果酱三明治，吃过早饭他要去俱乐部。

"有人查过她的电话记录吗？"

"过去一个月内，阿黛尔接过格雷兹惩教所的六个对方付费电话，最后一通就是越狱当天。但他进去了五个月，她一次也没去看过他。"

"不想把名字留在访客名单上。"

"博登问他为什么打那么多电话给她。她说因为他很绝望。她说她八年没见过他了。"

"她和越狱有关系。"凯伦的老爸说。

"我也这么想。弗利说他来佛罗里达就是为了探望某某人，然后停下了。他说，'我还是别说了'。"

"他给她打电话。她给谁打电话？"

"她弟媳，叫安，是电台DJ，人好像在加拿大。谈她老板，一个叫埃米尔什么的魔术师。"

"神奇术士，三流表演，"她老爸说，咬一口三明治，喝一口黑咖啡，"埃米尔最神奇的是他居然还在混世界，玩鸽子戏法。"

"她和博登谈话时，管埃米尔叫狗娘养的泡菜杂种。他在圣诞节前赶走她，转身雇了个年轻姑娘。自从越狱当天开始，警察就在监视阿黛尔，但她没去过任何值得一提的地方。她在《先驱报》的求职栏登了个广告，想另找个魔术师助手的工作。祝她好运。博登说他们在监听她的电话。"

"我打赌她也知道。你为什么不去找她谈谈？"

"我正在考虑。我对博登提过，他说他的人手充足得很。"

"你为什么不直接去找她。好好谈，她会告诉你她不肯对博登说的话。注意她谈到弗利的表情，还有语气。你就说你觉得他人不错。不，先说你和他一起躺过后备箱，在黑暗中待了半个小时，观察她的反应。假如她参与了，被警察成天纠缠，她到底能得到什么好处？我猜啥也没有。因此她肯定还很喜欢他，足够让她为他冒险。你觉得可能吗？他是个什么样的男人？"

"懒洋洋的，很自信。"

"傲慢吗？"

"不，但我说我没听说过他，他很吃惊。也许我应该听说过的。"

"他让你想起那个蒂尔曼吗？"

"完全没有。"

"记得你打电话给我吗？你和他约会了好像三次。说他有抢过银行的嫌疑，你不知道该怎么办。我叫你换个男朋友。"

"你说我要是想知道答案，就去问他。"

"对，挑起话题，看他的反应。他要是满头大汗，就打电话叫支援。但这个叫弗利的，你知道他不干净，但还是想再见到他。"

"我想踢爆他的屁股，给他戴上镣铐。"

"好，好的。别做过头。你的自尊受创，你带着武器，却被他制服了。这让你很懊恼，我能理解你的感受。但同时你也对他很好奇。昨晚你两次向你那个已婚男友打听他。你关心他，但不想表现出来。"

"我的已婚男友——用那篇报道给他下套，好让你提到偷人。我都不敢相信了。不，我能相信。所以我才从来不带男朋友回家，免得被你盘问。老妈那时候经常为这个训你。"

"你老妈说话从不提高嗓门。愿上帝让她安息。她只会瞪我。不，我只是在帮你筛选男朋友，告诉你哪些是混球，帮你滤掉不合适的男人。比方说这个叫尼科莱的，他人好像还不错，但他是个牛仔。一把大枪插在牛仔裤里……你喜欢那种狂野男人，对吧？你知道我经常说，牛仔警察和武装劫匪都喜欢随身带枪，彼此之间只差一厘米。也许这就能说明你为什么对弗利那个职业银行劫匪感兴趣了。"

"他绑架了我。"

"对，但你和他从惩教所到收费公路聊了一路。要我说，那更像初次约会，而不是绑架。听说过斯德哥尔摩综合征吗？"

"不，你给我等一等。"

"斯德哥尔摩的一次银行抢劫，两个男人，其中一个叫——我想不起来了。"

"奥洛夫森。"凯伦说。

老爸对她使个眼色。"你明白我的意思。他们陷在银行里，扣了几个女人当人质。他们出来，其中三个女人说她们爱上了奥洛夫森。"

"我不是人质，"凯伦说，"我们在一个后备箱里待了半小时而已。"

"怎么说呢，这个叫弗利的，听着很像奥洛夫森。找他前妻聊聊，听她怎么说他。"

"我知道他是什么人，惯犯，前科累累。"

"你刚才说他懒洋洋的，很自信，听起来很喜欢他。"

凯伦看着老爸咬破法棍的硬皮，嚼着芝士果酱三明治，她不禁也想吃一个了。她看着老爸低头趴在桌上喝咖啡。他看着像是矮小版的沃尔特·马修。有次他在监视一个目标，坐在车里等待，两个女人冲上来说："天哪，是沃尔特·马修！"目标走出酒吧，开车离开，她老爸没来得及摆脱两个女人的纠缠。

他说："你知道我想问你什么。新闻里怎么都没提到格兰·迈克尔斯？"

"博登说格兰只归他们调查局管。我说格兰在车里说他要去北边干一票大的。博登想知道北边哪儿。我说，呃，格兰说去年十一月他在底特律冻掉了屁股，你可以试试那儿。今天上午他打电话说十一月没有叫格兰·迈克尔斯的从这儿飞去任何地方。我说他也许是开车去的。博登说你别操心了。"

"他没说'你漂亮的小脑袋就别操心了'？"

"呃，他就是这么说的。"

"你听了想一脚踢在他的裆上。"

"不，我听了想抓格兰归案。我已经想抓弗利了。还有巴迪，如果他和弗利在一起。"

"帮我倒半杯咖啡，谢谢。跟我说说你怎么看巴迪。"

"没多少看法。"凯伦起身拿着咖啡壶回来，给老爸倒了半杯，然后重新坐下。"他和弗利年纪差不多，有个姐姐当过修女，但我们不知道她住哪儿。他和弗利都蹲过隆波克，多半就是在那儿认识的。格兰也是在隆波克认识他们的。博登要打电话给监狱，问他们能不能找到一两个名字，弗利的朋友之类的。"

"要是有人还记得弗利就算他走运了。隆波克关着多少人，几千？"

"上次我去的时候，一千六。"

"指望哪个看守头儿或者模范囚犯去查电脑，等他们给你找个叫巴迪的？就算知道他的名字——他什么时候进去的？要往回查多少年？必须知道他的刑期，否则就没法查了。你难道要打电话到惩教所问，喂，你们有人记得一个叫巴迪的囚犯吗？"他端起咖啡杯，一饮而尽，然后说，"听着，我得走了。"

凯伦看着他从餐台前起身，从窗口望着高尔夫球道，提了提直往下掉的黄色球裤。

她说："我问弗利，巴迪是不是他的本名，他说不，是他起的。但如果他就叫巴迪呢？"

老爸转身看着他，有一瞬间似乎很吃惊。"他什么地方人？"

"阿肯色。"

"我说不准——但现在我仔细一想，巴迪很可能就是关键，值得好好查一查。他冒着所有风险，包括自己的小命，帮一个人越狱。他能得到什么好处？因为那是他的朋友，还是因为有报酬拿？明白我的意思了？"

"无论如何，"凯伦说，"弗利都拿住他了。"

"无论巴迪接下来要做什么，"她老爸说，"弗利都多半会跟着他。找到巴迪，你就找到他了。"

"前提是我们要查到巴迪的全名。"

"听你刚才说的，我有主意了。不过我必须要走了，我已经迟到了。"

凯伦陪他走到车库门口。"老爸，求你了。我们该怎么找他？"

他拉开门，转身看着她。"也许能行，也许不行。我回来仔细跟你说。"

"你会先给我讲一个钟头的高尔夫。"

门关上了。

每一个没打出球道的发球，每一个上果岭的短打（这是他的特长），每一个直接进洞的长推杆，威士忌加冰块放在手边。他会夸大其词，球场上甚至会作弊……但他知道该怎么找人，那是他的本行。卡伦转向水槽。

我该洗碗，还是该去找阿黛尔·德利塞谈谈？

巴迪今天上午打了三通电话找她，但她一直不在家。最后一次打完回来，弗利说算了，他反正要去找她。巴迪说他疯了，弗利说他已经下定决心。

"警察会监视那家旅馆，你知道的。"

"为了看她有没有出去。你觉得每一个进去的人警察都会查一遍？"

"何必冒这个险？"

"我欠她的。"

"你八年一分钱都没给过她。现在突然……"

"我说的不是欠她钱，两码事。昨晚我在这张沙发——这块破木板上怎么也睡不着，一直在想这件事。要不是为了阿黛尔，我根本不会来这儿。"

"对，也就不会抢那家银行，被抓判刑。"

"她帮我脱身。我好歹得去见她一面。要是做不到，那就算了，但至少要试试看。"

"我不会开车送你的。"

"我自己想办法去。"

"警察在街上就会看见你的。"

"我完全不像我的大头照，你自己说的。警察只能对着我的大头照找人。"

"那只是你知道的。朋友，你的照片到处都有。我认识你之前就在银行见过你的照片。"

"我会打扮成游客。短裤，沙滩草帽，脖子上挂个相机。凉鞋配袜子……能帮我找这些吗？"

第十一章

阿黛尔整个上午都耗在了旅馆一条街，从一幢装饰派建筑走进另一幢。她走遍了十个街区的人行道和咖啡桌，走进每一家餐厅和酒吧，问店主能不能帮她一个大忙。哪怕是和她还算点头之交的那几个，接过三乘五小卡片时也像是上面沾了大便，只是低头瞥一眼，表情毫无变化，听阿黛尔解释说她在《先驱报》上登了广告，这是翻印的版本。广告在报纸上实在太不起眼，她觉得不妨翻印一些，然后在海滩地区派发……店主们会说抱歉，把卡片还给她，或者哦，行啊，去交给预约台吧。卡片上写着：

就像变魔术！

请打673-7925，阿黛尔从天而降！

经验丰富的魔术师助手！

擅长鸽子及各种手法！

她沿着第十街走向柯林斯大道，停下来回头张望，看见跟踪她的人在街口停下。他站在那儿左看看右看看，像是迷

路了。马路对面的尾巴也停下了，正在系鞋带。她觉得他们
何苦多此一举。阿黛尔朝马路对面的尾巴挥挥手，转身继续
走向柯林斯大道。接下来的两个跟踪者是一对理平头的严肃
条子，开一辆轿车，其中一个读报。电视新闻和报纸每天都
会提到杰克，他和一名古巴人"仍然在逃"，但只字不提巴
迪和格兰·迈克尔斯，因此双车脱逃计划肯定奏效了。越狱
前两天，格兰单独来找她，拿着一杯伏特加兑汤力水坐在那
儿，装模作样地捋头发，滔滔不绝地谈论自己，让她知道他
这个人多么酷，他打算怎么使唤杰克和巴迪，参与他已经盘
算好的一个活儿，等待她主动扑上去。和格兰待了五分钟，
她就明白了杰克为什么嫌弃他，上次在电话上为什么说他要
摘掉那家伙的太阳镜一脚踩碎。她对格兰说："知道你让我
想起谁吗？蹭辛普森客房住的那个食客，发型奇怪，一夜成
名。"格兰说："咦？是吗？"他以为这是恭维。格兰·迈
克尔斯最好的去处，她心想，就是神奇术士埃米尔的消失魔
箱，让他人间蒸发。

　　她来到一排粉彩颜色的公寓旅馆中的诺曼底公寓，朝
门廊上混吃等死的几个老太婆点点头。她穿过大堂，和前台
的谢尔顿打招呼，谢尔顿咧嘴露出一口烂牙——他好歹有笑
容。旅馆一条街上那些刻薄店主别说给她笑脸了，连半句鼓
励的话都没有。

阿黛尔爬楼梯到二楼走进自己的房间，房间里的金色家具来自五十年前，迈阿密海滩现代风，软塌塌的窗帘绣着帆船和棕榈树。她打开窗口的空调。每次向窗外看，她都衷心希望不会看见杰克出现在马路对面，像演电影似的靠在路灯柱上，点一支烟，抬头看她的窗口。杰克也喜欢装模作样，但很擅长。

她把剩下的"就像变魔术"卡片扔在玻璃台面餐桌上，站在那儿低头看着卡片。擅长鸽子及各种手法。擅长打扫更衣室的鸽子屎。擅长穿四英寸高跟鞋站在观众面前，笑得阳光灿烂，优雅地抬起手臂，请大家看鸟儿飞出埃米尔那件肮脏的大衣。

妈的，她应该打广告说自己是魔术师，愿意在生日派对、学校和公司宴会之类的场合表演，监狱也行。她会玩绳子魔法：剪断和复原，穿针，有志愿者参与的大变活人。她会玩手帕戏法：舞女法蒂玛，丝绸游蛇，打结自解。她会玩扑克把戏：印度洗牌，过手洗牌，双提牌，移牌换牌……

窗口小桌上的电话响了。

她会玩封口信封的魔术：吉卜赛读心术，不可能的穿透……

"嗨，我是阿黛尔。"

"噢，是阿黛尔吗？"一个男人的声音，带口音，古巴，反正是拉丁口音。

"对，是我。你是看见了我在报纸上的广告吗？"

"不，我没看见。"

"那就是拿到了我的宣传卡？我肯定前脚发卡片，后脚你就看见了。"

"我和你的老板聊过，埃米尔？"

"哦，嗯哼。对，我给埃米尔钻了快四年的盒子。"

"你钻他的什么，盒子？"

"我是他的演出助手。他怎么说我？"

"他说了你的号码和住址。你看，我在找演出助手，想和你谈谈。"

"能问一下吗，先生，你在迈阿密地区表演吗？"

"对，就这附近。来美国之前，我在古巴是魔术师。术士曼努埃尔。有个问题我想问你。你看过大锯活人的戏法对吧？"

阿黛尔犹豫片刻。"看过？"

"这个戏法怎么变？"

"你怎么变？"

"不好意思。我问这个是为了确定你真的有经验。"

"好吧，两种形式我都见识过，"阿黛尔说，"'薄锯'和经典的塞尔比特式，你应该是这个意思吧？"

古巴口音沉默片刻，然后说："对，看来你确实很懂行，我想请你为我工作，能见面谈一谈吗？"

"好……"阿黛尔说，"咱们在卡多佐饭店碰头如何，门廊上？知道地方吧？"

"知道，但不能到你的住处谈吗？"

"我反正要出门。一小时后有时间见面。你可以吗？"

他隔了两秒钟答道："有，好的。"

阿黛尔挂断电话。

怎么变大锯活人的戏法？这家伙是认真的吗？还是他不知道跳进箱子的是演出助手？也许古巴的魔术师有别的名词。

电话响了。

她打算穿短裤，秀一秀两条长腿。

"嗨，我是阿黛尔。"

对方挂断了电话。

巴迪走出沃尔菲酒吧，坐进车里。"她在家。"他向南转弯，开上柯林斯大道，走了十个街区，一个字也不说，直到开过诺曼底公寓才开口。

"到地方了。看见坐在门廊上的那家伙吗？几个老太婆夹着一个男人？肯定还安排了两个坐在一辆轿车里。"

弗利环视四周。"我没看见。"

"你知道他们肯定在。"

"我会留神的。"

巴迪转上第十街,又立刻拐进一条小巷,从旅馆一条街背后兜回来。他说:"后面没人,这就好。"巴迪沿着小巷开到十一街路口停车。

他对弗利说:"带枪吗?"

弗利拿起大腿上的草编拎包。"在包里,还有防晒霜和沙滩大毛巾。"

"分她一些现金?"

"从那天抢的钱里分一点给她。"

巴迪点点头,盯着弗利,仔细打量他。"我还是觉得你应该戴帽子。"

"我在银行里的照片不是戴礼帽就是戴棒球帽。估计都没人见过不戴帽子的我。"

"看一眼你的手表。"巴迪说。

"十一点二十,我半小时回来,十一点差十分。要是没出现,顶多十二点。要是十二点也不出现,那咱们三十年后再见吧。"

咖啡馆的老板是波多黎各人,奇诺从他们说话的样子就看得出来——但问题不大。咖啡是古巴咖啡，店里的人没有来打扰他。他坐在柜台前，隔着前窗上的颠倒文字看马路对面几乎正对咖啡馆的公寓楼，这幢四层的小楼就是诺曼底公寓。杰克·弗利的前妻住在二楼，208房间，房间也许正对马路，他看着旅馆的时候，她说不定就望着窗外。他打过她家的号码。他不想去卡多佐旅馆的门廊上和她碰头，那儿人很多，而且人来人往。他打算喝完这杯咖啡，也许再喝点别的，然后上楼去和她私下谈谈。她能把他怎么样？

弗利从小巷走到柯林斯大道，在路口停下，看着车辆朝左右两边缓缓爬行：游客在欣赏南海滩，或者在找停车位。他走向街区中央的旅馆，步伐不紧不慢。巴迪说得对，附近肯定有一辆车，里面坐着两名监视者。他看着前方有一辆车驶离路边，一辆本田立刻钻进那个停车位，开车的是个女人。他心想他们会不会派个女人来蹲点。他打算大摇大摆地走进旅馆。要是门廊上的男人跟着他进去，他就抓住前台问下一季怎么收费。编个故事。比方说他想看房间，或者使用男厕所，磨蹭几分钟，找个机会溜上楼。他不认为门廊上的男人会注意到他。他走近本田，开车的女人爬出车门，侧对着他站在停车咪表前，在口袋里摸零钱：金发，茶色上衣，背着挎包，牛仔裤裹着两条长腿，鞋——粉色的中跟鞋吸引了他的视线，粉色，搭配牛仔裤很别致。头发和侧脸都让他想起凯伦·西斯科。

她从停车咪表前转过身，凯伦·西斯科赫然出现在他眼前——就是她，离他还不到十英尺，凯伦。凯伦看着他，等他走近。她说："请问你有零钱吗，换一块钱的？"

弗利把草编拎包换到左手，眼睛还是看着她，告诉自己向前走，别停下，一个字也不要说。

但他还是开口了，他说："不好意思。"他脚下不停，从她身旁走过，还是同样不紧不慢的步伐，左顾右盼看招牌、风景、行人，但就是不回头，告诉自己向前走。就是她，突然间出现在他面前。他看见了她，看见她的眼睛，还有那一瞬间她看他的眼神……他告诉自己，只要一回头，他就会变成监狱里的因犯，身穿州监狱的蓝色因服，所以你千万别动回头看的念头。你再一次见到了她，就这么简单。你只能得到这么多。

凯伦看着他走过诺曼底公寓，走过门廊上的一排老妇人和一名探员。她心想，不，不可能。她在明亮的车头灯下见过弗利涂满烂泥的脸，警卫的帽子盖住双眼。她在脑海里回忆他的大头照，和她见过的所有大头照没什么区别，一个号码，一个刑事犯，而不是这个服饰颜色搭配得很好看的男人：橙色和杏黄色的海滩行头，提着草编拎包，黑色袜子，厚皮凉鞋。她险些微笑着打招呼，嗨，过得怎么样？一只手伸向挎包。那一瞬间她确定他就是弗利。但他的眼睛没有流露出认识她的神色，嘴里说着"不好意思"，没什么表情地走了过去。她等他扭头看她。她一直目送他走到街区尽头，穿过马路，但他还是没有回头，她一阵沮丧和失望，因为她相信如果是弗利，他肯定会回头张望。甚至会停下，对她说些什么。固然不符合逻辑，但生活未必符合逻辑。她有这种感觉，所以就应该这样。好像她应该用双手搭个T字，或者他搭，叫暂停，给他们几分钟，继续在后备箱里开始的对话。一个说嗨，过得怎么样？另一个说哦，还不错。他们会站在路边彬彬有礼地聊天。那绝对是了不起的人生体验。对，百分之百。哎呀，咱们都挺好。他也许会提到她对他开枪，她会说哦，你知道的……有时间喝一杯吗？我看咱们还有几分钟。他们会走到海滩上，找张桌子坐下，聊一会儿，想到什么就说什么，再喝一杯，聊聊电影……也许。有什么不行？谁也猜不到他们会聊什么，他们会一直聊到时间用完。哎呀，得回去工作了。她起身走开，像是只要一回头，他就会消失。就这么结束，永远结束。下次再看见他（她会努力促成这个结果），她要把他的手扭到背后，给他戴上手铐，送他进监狱。

凯伦走向诺曼底公寓。出于礼貌，她在门廊栏杆前停下，向她不认识的年轻男探员出示证件和法警徽章，说她要上楼去见阿黛尔。探员说："博登知道吗？"

"你就别担心了，"凯伦正要转身，又停下说，"你不会碰巧有个角子吧？借我停车。"

弗利沿着柯林斯大道一直走到第五街，时而停下看橱窗和餐厅门口展示的菜单，直到确定凯伦没有跟上来，甚至根本没有认出他。弗利心想，真是危险，但没有松一口气，而是觉得心里空落落的。

这会儿她大概在和阿黛尔谈话。她来这儿肯定是为了找阿黛尔。他忽然想到，要是她晚到几分钟，撞见他在208房间，阿黛尔就会被控协助逃犯的一级重罪。别在这儿转悠了。快走吧。

但只过了一分钟，他就想回去了，沿着柯林斯大道的另一侧走回去，在马路对面看着她的本田，等她出旅馆的时候再看她一眼。

他对自己说，天哪，你这是怎么了，回到小学了吗？刚发现男女有别？

弗利从第五街拐进那条小巷，独自往回走，经过垃圾箱和从餐馆厨房飘来的油腻气味，穿牛仔裤的凯伦又出现在脑海里，他琢磨着各种可能性。比方说趁她上车的时候跑过马路，走上去说……

要是她没有认出他，他可以走上去说些什么，什么都行。他想到每次要抢钱之前，他会怎么现场发挥，对银行柜员说些什么。我好喜欢你的发型，艾琳？是最近流行的款式吗？或者，天，你的香水真好闻。是什么牌子？

他可以对凯伦说他喜欢她的鞋子。我只是想说我喜欢你脚上的这双鞋。

她会低头看一眼鞋子——就像听他说发型好看，银行柜员会抬手去摸头发。她低头看鞋，他转身走开。等她抬起头，只会琢磨那个沙滩装束的白痴是谁。

他走到十一街，巴迪在等他。

"怎么样？"

"咱们得离开了。"

巴迪说："你也这么觉得了？"

"开车还是怎么走？"

"开车。我很想现在就走。"

"我们的东西呢？我刚买了一双新鞋。"

"我们需要冬天的衣服，"巴迪说，"免得一头扎进雪暴。大衣，手套……可以去一趟购物中心。"

"然后停一停，让我上楼拿新鞋和其他东西。"

巴迪拐出小巷，开向柯林斯大道。"咱们向北去劳德代尔街廊购物中心，买两件厚外套。"

"长大衣？"

"看你喜欢，风雪衣也行。"

"我好像从没穿过长大衣。"

"因为你没去过底特律。一月份，朋友，能冻掉你的蛋蛋。"

弗利说："你确定你想去？"

第十二章

阿黛尔扣着门链，从门缝里和凯伦交谈。

"我知道的事情都是看电视读报才知道的，我跟调查局也讲过了。我没杰克的消息，不知道他在哪儿。我怎么会知道？我们离婚已经八年了。"

"他谈起过你，"凯伦说，"在车上。"

阿黛尔犹豫了一下。"你和他们是一起的？"

"不妨说我碍了他的事，"凯伦说，"所以他们把我塞进我那辆车的后备箱，然后杰克也爬了进来。还以为调查局告诉你了呢。"

"你们两个一起躺在后备箱里？"

"从格雷兹到收费公路。但我才坐进格兰的车，他就一踩油门溜了，把他俩傻乎乎地扔在路边。"凯伦看着门缝里阿黛尔的脸：刚化过妆，眼影和口红涂得很深。"他们也没有告诉你这个？"

"他们什么都没告诉我，只是提问。"

"但你知道我在说什么对吧？格兰驾驶接应车辆？"

阿黛尔瞪着她，然后说："我认识一个叫格兰的。"门关上，重新打开——一直开到底。"我正要出去。你愿意就进来坐两分钟好了。喝健怡可乐吗？"

凯伦说不用了谢谢，打量四周装饰派的室内装潢。她从玻璃台面的桌子边转过一把椅子坐下，阿黛尔拿着健怡可乐和香烟走出简易厨房。阿黛尔套着一件涤纶化妆袍，半敞胸怀，只穿了内裤，脚下是透明塑料拖鞋。凯伦觉得她是十码体型，柔软白皙的身体偏丰满，但两条腿很漂亮，一头黑色卷发……她对凯伦说："鞋很漂亮。我这个行当只能穿能杀人的高跟鞋，特别毁脚。"她过去拿了个烟灰缸回来。

"你和杰克在后备箱里的时候……"

凯伦等她点烟。

"他没有伤害或者怎么你吧？"

"你是说他有没有企图非礼我？没有，但他挺健谈。"

阿黛尔在桌子的另一头坐下。"你刚才说他提到了我？"

凯伦早就打好了腹稿。"他说他来佛罗里达就是为了见你，所以我猜你们一起待了一段时间。"

"呃，对，他被捕之前。"

"但你没有去监狱看过他。"

"他不让我去。"

"为什么？"

"不知道。宣判后他面临三十年监禁，好像变了个人。"

"但你和他在电话上聊天。"

"他隔三岔五地打给我。"

"他越狱那天也打了。"凯伦说。

阿黛尔盯着她。"是吗？我不记得了。他还怎么说我来着？"

凯伦只能临时发挥。"他说他希望你们俩能重新开始，过点普通生活。"

"算他有良心。让我为杰克说两句吧，他这人从不发脾气或者凶巴巴的，酒也喝得不多。但他所谓的普通生活就是抢银行。他这辈子只做这一件事。"

"你嫁给他的时候知道这一点吗？"

"他说他是打牌的，靠这个挣钱。我能接受。有时候他带着一捆钞票回家，说他去圣安妮塔赌马赢了，我觉得偶尔也是真的，他喜欢赌博。我根本不知道他抢银行，直到他因为汽车发动不了而被抓——你能想象会出这种事情吗？抢完银行出来，结果车子发动不起来。我去隆波克看过他，你肯定知道他蹲过隆波克，告诉他我在申请离婚。他说，"阿黛尔耸耸肩，"行啊。杰克就这么随和。他这个人很有意思，但绝对不是个好丈夫。"

"他在隆波克认识了巴迪。"凯伦说。

"对，还有格兰那个烂人。"她在烟雾里眯着眼睛看凯伦。"报纸上怎么没有提到他？"

"警方不知道他的下落，"凯伦说，"估计他们不愿意承认这一点。格兰似乎一个人溜了。"

"那个贱人。知道我希望什么吗？你应该去把他关起来，然后忘了杰克。三十年对他有点过分了。"

"只要能找到格兰，我怎么都愿意，"凯伦说，"我监管过他一次，这家伙嘴巴很大。"

"对，没完没了地说他自己，说他多么酷。他说他策划了一个活儿，需要杰克和巴迪帮忙。他妈的好大机会。"

"什么样的活儿？"

"他没说。"阿黛尔停下来，吸了一口烟。"我愿意见他只有一个原因，就是他和杰克曾经是朋友，我能说的就这么多。"

"我猜你见过巴迪。"

"你愿意怎么猜就怎么猜，我帮不了你。我得穿衣服了，我要去见一个人，谈工作。他说他是魔术师，不过他是拉丁裔，我对他不怎么拿得准。你知道我曾经是魔术师的助手吧？"

"神奇术士埃米尔？"

"对，那个孙子。今天这家伙打来电话，说，'大锯活人的戏法怎么变？'我说，'你开玩笑？'我应该说那不是戏法，而是幻术。他说他在测试我，看我有没有经验。"

"我不明白的是，"凯伦说，"你的人躺在箱子里，箱子怎么能一分为二，你的脑袋在一半箱子里，脚在另一半里，还会动。"

"这就是魔术。"阿黛尔说。

"还有，一个姑娘钻进铁笼，"凯伦说，"盖上一块布，然后这块布掉下来——"

"先转动铁笼……"阿黛尔说。

"先转动铁笼，然后盖布掉下来，姑娘消失了，里面是只老虎。"

"埃米尔变的是狮子。"

"太扯了吧。"

"公狮子，我们为了晚场表演租用的。年纪很大了，但牙齿还很多。"

"这是怎么变的？"

阿黛尔摇摇头。"我不能告诉你，不合职业道德。"

"我只是好奇而已，"凯伦说，"不会告诉别人的。"

阿黛尔说："你听到或者读到过幻术是怎么变的吗？没有，因为那是秘密。幻术的关键就在于操作过程。再说也不好玩。"

"你告诉过杰克吗？"

阿黛尔慢吞吞地吸了一口烟。

"他时不时会问起。我好像解释过几个简单的魔术。"

"美女怎么换成狮子？"

"我要是告诉了你，你会很失望的。看起来很炫，其实却挺简单。"

"来吧，就这一个。我保证不再问别的了。"

"也不问杰克和其他人了？"

"我听完就走。"凯伦说。

"你保证你不会告诉别人？"

"我发誓。画十字给你看。"凯伦面对桌子另一头的阿黛尔，眼看她就要开口，却被急促的三声敲门吓了一跳。三声过后又是三声，外面从门洞里传来一个声音。

"阿黛尔？我必须和你谈谈，求你了。"

听上去很遥远。

凯伦看着阿黛尔扭过头去。

"是谁？"

"我之前给你打过电话，谈工作。"

"我说过我会去见你。"

"你看，我来都来了。就开门吧。"

"我还没穿好衣服。"

"你听我说。"对方压低声音，"我是杰克·弗利的好朋友。"

凯伦站起身，拿起桌子边缘上的挎包。她看见阿黛尔盯着她，对阿黛尔说："问他叫什么？"

阿黛尔又扭过头去，身体僵硬，直挺挺地坐在椅子上，香烟夹在两根手指之间。"你是谁？"

沉吟片刻。"何塞·奇里诺。"

凯伦从挎包里抽出贝雷塔。

"你也许听过杰克·弗利叫我奇诺。同一个人。"

凯伦顺着桌边走到阿黛尔身旁，用只比耳语高一丝的声音说："叫他在走廊里等着，说你要穿衣服。提高嗓门，大声说。"

阿黛尔扯着嗓门大喊，盖住了凯伦扳动九毫米手枪滑套的声音。

门外的声音说："告诉我杰克·弗利在哪儿，我就不打扰你了。"

凯伦说："就说你不知道。"

阿黛尔说她不知道，奇诺说："听着，是我帮杰克越狱的。他说我要是找不到他就来见你。"

"我说过了，我不知道他在哪儿。"

"听着，你先他妈的给我开门好吗？咱们好好聊聊。"

阿黛尔看着凯伦，说："快滚，否则我就报警了。"

"你为什么要这么对一个朋友？"

阿黛尔没有回答，屋里屋外一阵沉默。

然后奇诺说："行了，你不想帮我，我走就是了。"

阿黛尔想站起身，凯伦按住她的肩膀。

"我这就走了，"奇诺说，"咱们回头见吧。拜拜。"

凯伦耳语道："进卧室，关上门。"她等阿黛尔走到客厅的另一头，然后走到公寓门口，用左手抓住门把手。

凯伦转动门把手，打开门锁，扭头看了一眼。阿黛尔穿化妆袍和塑料凉鞋，在卧室门口看着她。凯伦挥了挥贝雷塔，示意她快进卧室。但阿黛尔没有动弹，而是站在那儿望着她，现在想对她说什么已经来不及了。凯伦朝自己的方向拉开门，只拉开了几英寸，听了一会儿，向侧面跨出一步让开。片刻之后，门被砰地撞开，一条全身黑衣的结实汉子冲进房间。奇诺扑向阿黛尔，才跑过桌子就停下了，他扭头张望，然后转向凯伦。凯伦看见他右手握着一把枪：点二二，细长的枪管对着地面，紧贴他的大腿。凯伦双手握住贝雷塔，抬起枪，瞄准奇诺的胸口。

她说："把枪放在桌上，转过来。"

奇诺向她举起左手。"等一等，"奇诺皱起眉头说，

"你不是阿黛尔?"

"我是联邦法警,"凯伦说,"你被捕了。把枪放在桌上。快!"

"为什么?我又没做错事。如果你不是阿黛尔,"奇诺说,"那你肯定就是阿黛尔了!"他转身面对阿黛尔。

凯伦看着他的侧脸,他拿枪的右手在他身体的另一侧。她瞥了一眼阿黛尔。"快进去。"

阿黛尔没有动弹,而是看着奇诺。

"快进去,然后关上门。"

阿黛尔开始转身,奇诺说:"不,我来是为了见你。"

他抬起手枪,近距离瞄准阿黛尔,阿黛尔停下动作。

凯伦说:"放下,否则我就开枪了。"

她看着他扭头看自己,挑起眉毛。"哦,是吗?你要对我开枪?你这么一个好姑娘。"他微笑着说,"不,我看你不行。"

这个笑容刺激了她。

"你看我不行?"凯伦迈步走向奇诺。奇诺变了脸色,笑容消失,瞥一眼阿黛尔,枪口继续对准她,然后又扭头看着凯伦走向他。"要死要活?"凯伦说着走到他旁边,贝雷塔对准他的脸,枪口离眼睛仅有几英寸。"看你的了。"

他闭上眼睛,隔了半秒钟睁开,顺着枪管看着凯伦的双眼。

"你不会对我开枪的……对吧？"

"你想用什么跟我赌？"

"我一转身就能走出去。"

"你敢动一动，敢再看她一眼，你就死了。"

两人互瞪片刻。她看着他吐出一口气，肩膀沉下去，垂下手臂，听见他的枪落在地毯上。她险些低头去看，但还是盯着他的脸，希望破灭，他的眼睛里没了光彩。

"转身，双手按住桌子边缘。"

他趴在桌上，重心偏向桌子，凯伦掀开他的上衣，从背后摸了一遍他的腰间，摸完以后，一脚踢开他的腿。奇诺跪倒在地，想抓住桌子，脑袋却磕在了边缘上。他痛苦地抬头看着她。

"还以为你会开枪打死我。"

凯伦捡起他的枪，叫他脸朝下趴好。她绕过他，拿起桌上的电话，拨出一个号码，扭头看见阿黛尔盯着她。

"找丹尼尔·博登。我是凯伦·西斯科。"

她等了一会儿，阿黛尔继续盯着她，然后扭头去看窗外，她说："丹尼尔？我有个提议。"

第十三章

"我对博登说，'如果我逮住奇里诺，你会放我进打击小组吗？只要你没问题，我就能说服我的老板。'"

她老爸说："你没说你已经逮住了那家伙？"

"我觉得必须先谈好条件。"

"果然是我女儿。"

他们端着威士忌加冰块坐在门廊上，夕阳正在西沉。她老爸常说这是沃尔特·休斯顿在《英豪本色》里最喜欢的时刻，而沃尔特完全没说错。今晚他没提这个话题。

"博登自然起了疑心。他说，'姑娘，你不是想跟我要什么花样吧？'我说，'你只需要回答行不行就够了。'他说，'你带古巴佬回来就随你开条件。'几分钟后他赶到阿黛尔的住处，看一眼奇里诺，吩咐他安排的监控人员带他走。他很想知道我是怎么让一个越狱犯趴在地上的，但表现得既不惊讶也不当回事。"

"你捅了他一刀子，"她老爸说，"换我也不会给你好脸色。"

"他得想清楚该用什么态度对待我，现在还没下定决心呢。他和阿黛尔谈话，问了她很多问题。她对这整件事都挺冷静。我很佩服她。"

"致最冷静的一个。"她老爸对她抬抬酒杯。

凯伦喝一口酒，抬起眼睛看着老爸，说："所谓一不做二不休，你知道那家伙是什么货色，知道你一厘米都他妈的不能退让……他有得选，你没得选。"

"你这么对博登说的？"

"不，但他说，'咱们去喝杯冷饮聊一聊。'我们去卡多佐聊了一个小时左右。"

"他喝什么，白水？"

"对，依云之类的。他热络了起来。从我认识他开始，他第一次从天上走下来，变得像个正常人了。他问我奇里诺要是不扔下枪，我会不会崩了他。我说会，他说他相信。他想请我吃饭。他以前也问过我，但每次说得都像是在成全我。哇，我和丹尼尔·博登约会了耶。我拒绝他，他觉得我有种族问题。我念大学那会儿，几乎每一个约我的黑人都这德行。我说不了，谢谢，因为他不是白痴就是混球，要么就有口臭，然后他一转脸就会说我种族歧视。"

"博登的问题是什么？"

"他认为凡人无法抵挡他的魅力。他想和我上床，就这么简单，但我觉得不可能。雷·尼科莱也一样，他也总有这个念头。这些大男子主义的家伙……天哪，放过我吧。"

"别什么都告诉我，谢谢。"他老爸望着草坪喝一口酒。过了一会儿，他说："我们好像很久不玩传接球了。"

她对他微笑。"只要你想玩，我都奉陪。你的胳膊怎么样了？"

"不知道，已经太久了。"

十二岁那年，她得到了自己的棒球手套——戴夫·康塞普申的同款，她和老爸在草坪上传接棒球。

"你发现世上还有男孩，然后就不玩球了。"

"我不想让他们难堪。"

"确实是这个道理，你的胳膊很有劲，扔球从来不像女孩。"

两人沉默片刻，望着白昼的最后一抹亮光。她老爸说："我不想失去你。我觉得我会长生不老，需要女儿陪着我。我已经失去了你母亲，这就足够了。"又是一阵沉默。最后他说："你太聪明了，不该佩枪，和重罪犯打交道。你太聪明，为人又太好。"

凯伦站起身，走到父亲的椅子旁边，亲吻他的额头，弯腰搂着他的肩膀不放。她说："我不去和博登吃饭，因为我想在家里陪你。就算没有他，我本来也想去见阿黛尔，然后立刻回家等你。知道为什么吗？"

"因为你爱你老爸。"

"因为我爱你，还因为你知道怎么找到巴迪。"

"主意是你给我的。记得你说要是知道巴迪的真名就好了吗？"

凯伦直起腰。

"你查到了？"

"没有，但从这儿开始应该不错。"

凯伦转身坐在熟铁鸡尾酒桌上，面对父亲。

"我打电话给我的头号信息源。"老爸停下来喝一口酒。

凯伦说："格雷格，电脑天才。你就告诉我吧，别卖关子了。"

"我不正在说吗？"他假装有点被冒犯了，"我打给格雷格，说，'帮我试个查询组合怎么样？条件是名字里有巴迪，罪名是银行抢劫或武装抢劫，加利福尼亚，一九七〇年到一九九〇年间。'我说这个巴迪今年或去年从隆波克出狱，但不知道他在里面待了多久。"

凯伦点了支烟。老爸从她手里拿过去，自己抽了起来，她只好再点一支。

"你有大麻吗？"

"我早就不碰那东西了。快说，巴迪怎么样？"

"查询的起点是个看似不可能查到结果的外号，明白吗？但加上一些确凿的条件，如果运气好……格雷格用上什么奈克西斯还是莱克西斯之类的程序，查到一个叫奥伦·爱德华·布拉格的男人，一九八五年三月二十二日被捕，罪名是三个月前抢劫城市联邦银行在洛杉矶市塞普维达大街的分行。警察是怎么找到他的？和抓绝大多数罪犯没什么区别，靠线报。洛城警局收到匿名电话，结果打电话的不是别人，正是这家伙的姐姐。一名警探引用她的原话说，'是巴迪·布拉格抢了城市联邦银行，他还抢了另外好几家银行，愿万能的上帝原谅他。'这是能把巴迪和银行抢劫联系在一起的唯一线索，埋在无数新闻报道的深处，格雷格不到五分钟就找出来，打印传真给我。这就叫专家。"

凯伦站起身，然后又坐下。"但怎么能确定他就是我们要找的巴迪呢？"

"我打给佛罗伦萨——你见过她一次，她仍旧是我最好的情报源之一。我说，'能不能帮我在戴德、布罗华德和棕榈滩三个郡查一个叫奥伦·布拉格的人？'我从俱乐部打给她和格雷格。等我回到家，两份传真已经在等我了。奥伦·布拉格在佛罗里达供电与照明公司和南方贝尔公司开有户头。电话号码也查到了。巴迪住在哈伦代尔A1A公路上的沙利马尔公寓，708号房间。"

"正是我们的巴迪。"凯伦又站了起来。

"我的情报源，"她老爸说，"每个人都会向你收五十块左右。发票寄到了我就给你。"

凯伦面对他站着，点点头，说："你觉得巴迪的亲姐姐为什么要告发他？"

"她认为这是为了他好。也可能她从来就不喜欢他。他是个拖油瓶，从小就让她过得很痛苦。"

"弗利说她是修女，或者当过修女。"

"天晓得，"她老爸说，"我一向喜欢修女。她们总那么干净，似乎连汗都不出。"

她喝完酒，看见父亲注视着她。"你不会想打电话过去吧？问你那位朋友在不在？不，你千万别这么回答我。"

凯伦说："好吧，我不会的。"

但她确实动了念头。拨打巴迪的号码，说要找什么人，报个名字，随便什么名字。她肯定能认出巴迪的声音，如果弗利在那儿，接电话的是他，那她也能听出他的声音，他们会说她打错了，挂断电话。她很受诱惑，很想这么做。可是，如果他们认出她的声音……她想能不能请老爸打这个电话，但决定还是算了，应该按规矩办事。于是她打给博登。他很冷静，想知道这条情报是从哪儿来的，听她说完，他说："凯伦，你是认真的，对吧？你要是愿意，就一起来吧。"他会去法官朋友家请求签发逮捕令，召集一支特警小队，尽快和她在沙利马尔公寓碰头。

"凯伦"博登说（这次他没有叫她"姑娘"），"要是可以的话，找管理员拿到钥匙，谢谢。"

凯伦注意到了很多今晚要告诉老爸的细节。

管理员的底层公寓里弥漫着德国泡菜的味道。他瞪大了两只水汪汪的眼睛，听凯伦说保证不会打扰其他住户。凯伦一边说，一边想象他们看见特警小队攻进公寓楼时的反应。大堂里的老人以女性为主，肩膀上披着毛衣，双焦眼镜闪闪发亮。特警小队会像黑勋爵的暴风兵似的穿过大厅，黑色制服、军靴、头盔、背后用黄色大字标着联邦调查局的防弹背心和举起来准备射击的自动武器，那时这一双双眼睛里会泛起真正的恐惧。

她心想，不，老人们不会想到黑勋爵，而是会看见纳粹冲锋队进来要把他们拖出去，因为有些老人也许真的有过这种经历。她在迈阿密见过几位老妇人，手臂上文着褪色的数字。

凯伦打算告诉老爸她以为会见到的场面，然而博登带来的不是全副武装的特警攻击小队。

她是多么吃惊。

非常吃惊。

他带着八个男人进来，他们穿夹克衫，羊毛衬衫没有别进裤腰，脚上是跑鞋，一半人拎着装网球拍或其他运动器材的包。住户没有受到任何打扰，看电视的还是看电视，打扑克的还是打扑克。他们肯定在琢磨发生了什么，好奇，但并不惊慌。

博登派两个人守在外面，前后门各一个，派两个去七楼守住走廊两端。他对凯伦说："准备好了？"

然后他不得不停下，因为一个老太太问："你是来送氧气的吗？"

博登、凯伦和剩下的四名特警走向电梯。上楼的时候，博登一个一个看着他们。"你是一号，你是二号，你负责掩护。"他对第四个人说，"会用撞槌吧？"

第四个人拎着的像个海军水手包。

凯伦说："管理员的公寓是铁门。明白我的意思吗？有可能全都是的。"

博登看着她。"是吗，你有过破门而入的经验，对吧？"

"撞槌碰上铁门，"凯伦说，"会弄出好大响动，却没什么用处。"

她会告诉老爸，你怎么像抓背鳍那样抓住撞槌顶上的把手，另一只手抓住底部的把手，摆动撞槌，狠狠砸在门上。如果是木门，会被撞得粉碎。但如果是铁门，就只能撞出一个凹坑了。不过第四个人还带着霰弹枪，里面装有"碎锁"子弹，所以问题不大。

他们来到七楼，特警脱掉夹克衫和羊毛衬衫，露出里面的防弹背心——加强型，陶瓷板遮住心脏部位。凯伦把钥匙递给拎帆布包的特警。他已经取出霰弹枪：雷明顿，枪口固定着三英寸长的金属条。他们走向708房间。

一号和二号站在门的右手边，九毫米贝雷塔枪口向上。负责侦察的三号手握MP5微型冲锋枪，提供掩护火力。拿着霰弹枪的四号把钥匙插进锁眼，轻轻转动——打不开，被锁销顶死了。

他举起霰弹枪，将金属条插进门缝上门锁与门框相接的地方，枪口和锁销的距离恰好是三英寸，他扭头看了一眼博登和凯伦。博登点点头。

霰弹枪轰隆一声，一号撞开门冲了进去，二号和掩护紧随其后，耳朵里嗡嗡直响的凯伦拔出贝雷塔，准备迎接枪声。

第十四章

弗利说除非你想去滑雪或打猎，否则这儿可供选择的冬装大衣实在不多。巴迪说这儿的上衣倒是有些不错的。弗利说他没有看见羊毛手套。巴迪说哎，你希望看见什么呢？咱们这是在佛罗里达。弗利说他希望看见长大衣，否则跑这么远来这个购物中心干什么？他心情不好，一部分原因是他穿着橙色和屎黄色的沙滩装以及袜子和凉鞋逛商店，他觉得自己傻乎乎的。开车回去的路上，巴迪说他们似乎只能等去了北方再买衣服了，比方说过河从肯塔基州去俄亥俄的辛辛那提。

然后他说："不，等一等。我知道该去哪儿了。"

他们拐下九十五号公路，开上哈伦代尔海滩大街，没两分钟就来到了犹太回收利用中心。巴迪说："有点像救世军或圣云仙会，只不过是犹太人开的。要什么有什么。"

门口的牌子上写着："每日新进三千余物品。"他们穿过家居用品部：床，五斗橱，从电视到吐司炉到烙饼机无所不有。他们急匆匆地穿过童装部和一眼看不到头的女装部，衣物和购物者挤满了狭窄的过道。天哪，貂皮大衣只要八百块，衣架和铁管挂架互相撞击的叮当声不绝于耳。他们来到男装部，一条条过道两边满是西装、夹克衫、燕尾服和大衣——有不少正是弗利在寻找的款式。

他从挂架上取下来的第一件是双排扣的深海军蓝大衣。对着镜子看，这件大衣配凉鞋和短裤显得很滑稽，但他知道这就是他要的大衣。贴身剪裁，并不肥大，不会像盒子似的套在身上。

他穿上带布鲁克斯兄弟领标的海军蓝单排扣薄西装，感觉很合身，袖子稍微有点短，但问题不大。袖子这东西，宁短勿长。长裤完全合身，臀部也没有磨得发亮。不知道这身衣服以前的主人是做什么的。弗利希望他活得很成功。他看着镜子里的自己，西装套在棉质沙滩袍外面，样子不错。但他想唱戏就要唱全套，于是挑了件短袖白衬衫和一条主要是深蓝色的领带，连同西装一起穿上。他再次走到落地镜子前打量自己的新形象，希望能看见一个商人，正儿八经的职业经理人。

他看见的却是老电影里刚刑满释放的罪犯。史蒂夫·麦奎因扮演的麦考伊医生。嗯哼，他很喜欢。他侧过身，扭动臀部摆个姿势：杰克·弗利的照片，拍摄于大胆越狱后不久。他一瞬间想到了克莱德·巴罗的照片，歪戴的帽子盖住一只眼睛，随即又看见凯伦·西斯科穿着短裙爬出雪佛兰的后备箱，然后是她穿牛仔裤和粉色鞋子站在路边。他想象她见到他穿着这身西装。灯光昏暗的鸡尾酒廊。两人对视……

巴迪穿着一件双排扣的灰色人字呢长大衣走过来，说："怎么样？"

弗利点点头，挑起眉毛。

巴迪说："我早就想买这么一件了。我还需要一顶帽子搭配它。我喜欢帽子。"

弗利问他看着怎么样，巴迪端详了几秒钟，说："像个股票交易员。"弗利试了一件燕尾服，想看看效果。巴迪说像个侍者，而且还是经常喝醉、总被解雇的侍者。他们玩得很开心，两个成年男人玩换装游戏。

公寓里有衣服和新鞋，冰箱里有食物和饮料，橙汁、半加仑塑料瓶装的百事轻怡，六听装的啤酒。博登说："谁也别碰剩下的比萨，巴迪还会回来，咱们等他。公寓和大堂都要有人带着对讲机蹲点，守到住户上床睡觉为止。凯伦，你给哈伦代尔警局打电话，问他们要个鉴证技师来采指纹——要个话少、不趾高气扬的。门把手、厨房的水杯、空酒瓶和马桶把手都要采。请他开无标记警车。

他们肯定会派一个想当警察的小姑娘。凯伦，看见什么可疑或者认识的东西了吗？"

"走廊衣橱里的雨衣，曾经穿在格兰·迈克尔斯身上。"她顿了顿，说，"弗利问能不能借他，换掉他身上那件弄脏的衬衫。"

"警卫的衬衫，"博登说，"被弗利用二乘四木梁打倒的警卫。所以他来过这儿。说不定还没走！我更希望是还没走，好让咱们了结这件事。凯伦，你在我的特别小组里了。别担心，我会和你的老板打招呼的。结案后咱们可以谈谈，看你有没有兴趣来调查局工作。"

凯伦没有说话，她点点头，去打电话给哈伦代尔警局。打完电话，她又在公寓里走走看看，寻找能证明弗利在这儿待过的痕迹。

她再次打量那双鞋：深棕色的船鞋，十码，新得好像没穿过。她相信这双鞋属于弗利，因为鞋就放在沙发旁，边上还有一双白色耐克，同样尺码，同样很新，但看得出已经穿过。卧室壁橱里有两双鞋，已经穿得很旧，毫无疑问属于巴迪。客厅里有几份杂志：《运动画报》和《国家询问者》。还有一叠报纸：《迈阿密先驱报》和《劳德代尔堡太阳哨兵报》，一整周的，从越狱的星期一开始，一直到今天星期五。凯伦在《先驱报》上看到弗利的大头照，她盯着看了一会儿，想从这张脸上看到她在柯林斯大道见到的那个沙滩装男人。假如那真的是弗利，他肯定就坐在这儿，脱掉耐克，穿上凉鞋，去见阿黛尔，冒着巨大的风险。但越狱也同样有巨大的风险。他有这个胆子……也许沙滩装体现出的是某种奇特的幽默感，在他心里算是伪装，因为就平常而言，他永远不会以游客的身份进入这个世界。凯伦觉得，和弗利在黑暗中单独待了半小时，她可以说这家伙相当酷，相当酷的男人绝不会穿橙色和黄色的沙滩行头，用袜子配凉鞋……

博登说："找到奥伦·布拉格先生的电话费账单了。上个月有四个长途电话，打到同一个地区，区码是213，也就是洛杉矶。凯伦，他在洛杉矶认识什么人吗？"

凯伦摇摇头。

"好吧，我们会查到的。你看过厨房了吗？"

"还没有。"

"垃圾筒里有个鞋盒，里面似乎有收据。肯定是买新鞋的。我们明天可以去一趟那家店，看他们还记不记得是谁买的——当然，前提是我们在这儿什么都没查到。"

"但你认为他们还会回来。"凯伦说。

"对，当然，咱们会开个惊喜派对。我要你带上对讲机，下楼去大堂和住户待在一起。要是看见弗利和这个布拉格，你会怎么做？"

"打电话报告你。"

"你放他们上楼。明白了吗？不得单独尝试抓捕。"

博登变回了公事公办的模式。

凯伦说："他们要是看见我呢？"

"你必须避免这种事，"博登说，"我要他们上楼。"

巴迪从哈伦代尔海滩大街向南拐上A1A公路，离沙利马尔公寓还有三个街区。

他说："差不多要开一千五百英里。两天应该能到。咱们今晚动身，一路不停开过去，星期天凌晨两三点到。底特律的酒吧两点关门，星期天要到中午才能买到酒。让大家在喝得烂醉前，有时间先去各自的圣堂祷告。"

弗利说："你到底想说什么？"

"你想今晚动身还是明天？明天早晨动身，比方说七点左右，一路开过去，星期天午后到。比赛六点开始，所以咱们有时间找个地方补充给养。除非你想在酒吧看比赛。你知道的，运动酒吧，有大屏幕电视。"

"你想怎么样？"

"我想看钢铁人打比赛，还想要他们大比分得胜。或者，咱们可以今晚动身，明天一早在佐治亚州找个地方睡几小时，好好吃顿早饭……喜欢玉米粥吗？"

"爱死了。"

"饼干和火腿汁？"

他们朝沙利马尔公寓转弯，开上通往地下停车场的车道。弗利说："火腿汁我无所谓。我喜欢把培根揉碎了拌在玉米粥里。"他接着说："随便你，你想什么时候走就什么时候走。"

巴迪说："咱们可不能太悠闲了，就好像我们有的是时间可以挥霍。"他把奥兹轿车停进电梯旁的一个车位。"把新衣服留在车里怎么样？反正要走了。"

一位戴高尔夫球帽的老先生问凯伦想不想玩金罗美。

几位老妇人在去电梯的路上停下，问她是不是新搬来的住户。

一个八十来岁的老太太，灰突突的，像只虚弱的小灰鼠，拄着一根藤手杖，问她是不是来探望母亲。凯伦犯了错误，回答说不是，她母亲已经过世。然后只好收起对讲机和她从巴迪房间里拿下来的《国家询问者》，好让老太太贴着她坐在沙发上。老太太握住凯伦的手轻轻拍打，说什么上帝的旨意如何如何，然后问她母亲是怎么过世的。凯伦说是因为非霍奇金氏淋巴瘤，十二年前。灰老鼠似的老太太说哦，又拍了几下凯伦的手背，迷迷糊糊地环

148

顾四周，说她该吃药了。

凯伦看着她一瘸一拐走向电梯，灰老鼠似的小个子老太太，拄着偌大的黑色手杖。她不禁再次想起母亲，母亲要是还活着，今年不过五十七，会住在家里，而不是在这么个地方乱跑。她会戴着草帽和手套在院子里剪枝除草，走在街上也就能看见他们家了。她和朋友都这么说，记得也这么对雷·尼科莱说过。她再次想到特别小组和楼上守株待兔的特警队，还有博登的话："你放他们上楼。不得单独尝试抓捕。"

凯伦望向左手边，视线越过沙发旁的落地灯和一棵巨大的鹅掌柴盆栽，落在大堂临街的出入口上。电梯正对着她，还不到三十英尺。

灰老鼠似的小老太太还拄着手杖在等电梯。

电梯门打开了，凯伦看着两个男人走进去，两人身高相仿，面对着她。一个穿深色衬衫和长裤，另一个……

另一个穿橙色和黄色的沙滩行头，拎着一个草编拎包。

灰老鼠似的老太太走进电梯，拄着拐杖试探地面，一次只迈一步。

穿深色衬衫和长裤的男人伸手扶她。

穿橙色和黄色沙滩装的男人直勾勾地盯着凯伦，凯伦在沙发上盯着他，电梯的日光灯照亮他和同伴，像是在警局排队等待辨认的两名嫌犯。他没有动弹——直到电梯门开始关闭的那一刻。

然后他举起了一只手。

凯伦确定他就是弗利，他居然在电梯门关上的那个瞬间向她举起一只手。

电梯在三楼停下。老妇人一动不动，巴迪对她说："您是到三楼吗？"

她抬头看着数字板，灯光标出所在楼层。

她说："噢，对的。"

"我们也到三楼，"弗利说着扭头看着巴迪，"凯伦·西斯科在楼下大堂里。估计楼上有人等咱们。"

他们等老太太先出电梯，她用拐杖一下一下戳着地面，两人从她身旁挤过去，沿着走廊跑，找安全门的标志，爬楼梯去地下车库。

坐进车里，巴迪说："看来只能今晚动身了！"

弗利喜欢他的语气。他不需要叫巴迪悠着点儿，别那么着急逃跑，否则会撞上别人的车子。

巴迪说："她会看见电梯一直到七楼，应该能给咱们争取一点时间。"

他们把车开出公寓楼，转上马路。

"她看见我们了，"弗利说，"所以她知道我们会逃跑。"

巴迪说："好吧，既然他们知道我住在那儿，肯定也知道我开什么车。咱们再偷一辆车如何？这辆车还挂着加州牌照。要么咱们卸下牌照，偷块佛罗里达车牌换上去。手套箱里有螺丝刀。佛罗里达只需要挂一块车牌。其他州应该也是。上九十五号公路之前停下偷块车牌。哈伦代尔海滩大街上有一家沃尔玛，巨大的停车场永远停满车辆。你觉得怎样？"

"她直勾勾地看着我，"弗利说，"没有叫，也没有慌。一动不动。"

他们拐上A1A公路向北走，两条车道装满了车头灯。

"咱们有个优势，"巴迪一只眼睛盯着后视镜，"天黑了。"

"她只是坐在那儿，"弗利说，"直勾勾地看着我。"

第十五章

"他朝你挥手？"凯伦的老爸问道。

"我不敢打包票，"凯伦说，"但我很确定他挥了。他把胳膊抬到头部的高度，就在电梯门要关上的时候，挥了挥手。"

星期六晚上七点。他们白天都不在家，这会儿坐在厨房里，先喝杯酒，然后出去吃饭。

"说不定是在挠头？"

"他从头到尾一直看着我。"

"他知道你认出他了？"

"肯定知道。我认为他就是因为这个才向我挥手，他反正没什么可失去的。明白我的意思吗？他不能假装他是其他人，因为我已经见过他穿那身傻乎乎的沙滩装。"凯伦露出一丝微笑，"说起来，这家伙还挺酷的。"

老爸和她在一起的时候也挺酷。"你朝他挥手了吗？"

"我没时间。电梯门关上了。"

152

"但要是有时间，你肯定会挥的。"语气平淡，脸上毫无表情，说不准他是不是认真的，因为他不确定凯伦是不是认真的：他可爱的女儿，专门捉拿逃犯，送他们上联邦法院。"然后你怎么做的？"

"我用对讲机呼叫博登。我说弗利看见我了，所以他和巴迪肯定会下电梯。博登留了一个人在公寓里，带着其他人下楼，一层一层检查。"

"你呢？"

"博登命令我原地等待。我用对讲机通知在外面的人，叫他们守住车库的出入口。但这时候我们还不知道巴迪有没有车，知道有车也不知道是什么型号，注册在哪儿。"

"他们有可能还在公寓楼里。"

"有可能，但他们确实逃掉了，非常有可能是在外围人员赶到车库之前就逃掉了。博登打电话给布罗华德郡警局，他们联系了车管所，知道巴迪开一辆八九款奥兹轿车，加州牌照，登记在奥伦·布拉格名下。但那时候想布网请地方警察协查已经来不及了。博登发出全境通缉令，不过他们肯定已经更换车牌，甚至另外弄了辆车。"

"博登在公寓楼布置了监控人员？"

"对，但今天下午撤掉了。我去了趟缉毒局，又翻了一遍格兰·迈克尔斯的档案。他们抓过他藏毒意图出售，但没能真的立案。格兰的说法里有一点很有意思，他说他去底特律看朋友，寻找工作机会——这话难说能不能信。他们想知道他在底特律的落脚地，还有所谓的朋友是谁。格兰说应该是个叫莫瑞斯·米勒的，以前是职业拳手，外号史努比。我查了查莫瑞斯，他和格兰同时在隆波克蹲监狱。事实上他俩一起溜出了监狱营地，不知怎的我似乎能看见他俩手拉手。他们重新落网，被送进高度设防的隆波克联邦监狱，格兰在那儿认识了巴迪和杰克·弗利。情况符合格兰在车里对我说的话，他说有个大活儿等着他去做。根据他说的其他内容，这个大活儿肯定在底特律。我打给博登，你猜他怎么说。"

"这我就猜不到了。"

"'这和我们要抓的银行劫匪有什么关系？'他说他在去加利福尼亚的路上，因为'这种人总喜欢跑回熟悉的环境躲起来'。"

她老爸说："确实也对。"

"巴迪的电话账单在公寓里。他至少每周一次打给洛杉矶的一个号码。你猜那是谁。"

"他姐姐。"

"你怎么知道？"

"你叫我猜，我就猜了。"

"他姐姐叫雷吉娜·玛丽·布拉格，也就是告发他的前修女。博登今天上午打电话给她，洛杉矶时间凌晨五点。她说她弟弟在佛罗里达看朋友，但不知道朋友叫什么，也不知道巴迪的号码。其实我想知道的是，"凯伦说，"他为什么要每周一次打电话给姐姐，毕竟是她告发了他啊。"

她老爸说："唔，他似乎并没有怀恨在心。"

"我看他本质上是个好人，出于善意这么做。"

"或者，"她老爸说，"多年独身生活害她得上了精神错乱，需要靠他的电话保持清醒。"

"弗利说她喝酒。"

她老爸思考片刻，说："但巴迪不可能凌晨五点打给她。假如她酗酒，这个时间肯定还宿醉未醒，拼命让自己正常思考，仔细斟酌她要说的话。"

"看来要找她谈，"凯伦点点头，"必须挑她酩酊大醉的时候。"

她老爸也点点头。"晚上，但不能太晚。"

他们去老乔石蟹馆吃晚饭。

回到家里，凯伦留在厨房里，打电话给雷吉娜·玛丽·布拉格。洛杉矶时间晚上八点。

老爸去客厅看电视了，他坐在椅子里，身旁的台灯桌上摆着一杯干邑。他盯着屏幕，用遥控器不停换频道，直到看见罗伯特·雷德福和麦克斯·冯·赛多在某户人家的图书室里，主人坐在书桌前。雷德福拿着似乎是柯尔特点四五的手枪对着他，但麦克斯拿着好用得多的沃尔特PPK对着雷德福，命令他把枪放在桌上。他不由想到凯伦弄丢的那把西格绍尔，那是他三年前送女儿的圣诞礼物。她留院观察的那天，他说她要是乖乖的，四月过生日时说不定会再得到一把。她说："等我找到杰克·弗利，我就能拿回我的枪。我需要的是鞋子。但你别给我买东西，谢谢。真的。"她每年都这么说，但每年她都会变回她的好女儿，迫不及待地拆开礼物，从中得到莫大的乐趣，而他的乐趣就是看着她。此刻他看着麦克斯·冯·赛多走向书桌后的男人，一枪打中他的右太阳穴，把沃尔特塞在他手里，雷德福大吃一惊。马歇尔·西斯科当了四十年私家侦探，不但不带枪，办公室和家里也不放枪。他的调查员同样没有枪，凯伦帮他执行监视任务的时候也不能带枪：一个可爱的姑娘跟踪声称滑倒受伤的保险金骗子。他们吃饭时聊过这个话题，马歇尔努力说服女儿返回私家侦探行当，执掌侦探社，为被诉的大公司——超市、餐馆、医院、自行车或汽车生产商——服务，挣些像样的钱……她不需要带枪，也不用在后备箱里塞满执法工具。她只需要会见律师和医生，这些人只要不离婚，一个个就都挺靠得住。何必和一个饮酒过度、欺骗妻子的牛仔警察好呢？这些爱出风头的家伙都一个样。凯伦是个好姑娘，虽说喜欢自行其是，但为人很好。她一边把石蟹摘得干干净净，一边听他唠叨，点了几次头，然后问他觉得巴迪和弗利会不会待在一起。"他们要是分开，不是更容易跑掉吗？"他心想，你能怎么办呢？乖女儿有心事了。她虽说也提到巴迪，其实想的都是弗利。他说得对，他们要是分开，逃起来确实比较容易。但如果巴迪有什么计划需要弗利帮忙，而弗利欠他的人情……麦克斯·冯·赛多和雷德福走出那幢房子。麦克斯转向刚刚目睹他犯下谋杀案的雷德福，问："带你一程？"

凯伦走进房间。"《秃鹰七十二小时》，我喜欢这部电影。知道原著小说叫什么吗？"

"说来听听。"

"《秃鹰六日》。我和雷吉娜·玛丽谈了谈。她的嗓门特别小——就像这样，比耳语只高一丝。'你好？有什么事？'就是这么个修女腔，所以我觉得她肯定有点醉。我试探她说，'雷吉娜，我是凯伦，巴迪在迈阿密的朋友，'我说，'他跟我说过他会住在哪儿，我写下来了，结果现在找不着了。'我觉得这么说能糊弄住她。她还是那个腔调，说，'哦，我不知道。'我心想，唉，没戏了。但她紧接着又说——凯伦压低声音，哑着嗓门说——'不过他刚打过电话，让我知道他一切都好。'我都不敢相信了。我说他昨晚才走，难道已经到了？她说，'哦，不，他在肯塔基的莱克星敦。'"凯伦对老爸说，"准备好了吗？然后她说，'他明天才到底特律。'"

老爸对她微笑。"干得漂亮。"

"我说，'巴迪可真体贴，总记着给你打电话。'知道她怎么说吗？她说，'那是当然，否则他还怎么拯救他不朽的灵魂？'你认为这话什么意思？"

"好像她捏着他上天堂的车票，"老爸说，"所以他必须保持联系。雷吉娜也许已经不过以前的生活了，但身上的修女习性还剩下不少。她还说了什么？"

"差不多就这些。我说巴迪下次打电话，能不能麻烦她问清楚他住哪儿，要是有电话号码就最好了。她说她没必要知道这些，他向她汇报全凭自觉。"

"好吧，修女也不全是好心肠，"她老爸说，"雷吉娜听着像会让你伸出手，然后用戒尺一家伙打下来的那种修女。疼得要死。"

凯伦喝一口酒，沉吟了几秒钟。

"你应该告诉博登，"她老爸说，"但你不愿意。对吧？"

凯伦抬起头。她说："调查局目前在追查的逃犯超过六千名。再加两个对他们有什么好处？"

她老爸说："你开玩笑的。"

凯伦又喝一口酒。

她老爸说："对吧？"

星期天凯伦到家的时候，超级碗已经中场休息。她看得出老爸尽量掩饰，假装一点也不生气。

"真抱歉，我迟到了。现在几比几？"

她老爸对着啤酒和一碗花生说："十三比七，达拉斯领先。比赛还有得打，但双方水平没有比分这么接近。牛仔队有两个三分能拿但没拿到。"

"所以他们没法再趾高气扬了。"

"给他们一点时间。"

"我去见博登了。"

老爸扭头看着她。"他没在看比赛？"

"他也想看，但必须先应付我。"凯伦正要走出房间，忽然又停下了。"十三比七，半场加起来才二十分。你赌的是多少，六十？"

"六十一，终场比分要到四十四比十七，牛仔队必须一直控制比赛。"

"所以他们要在下半场为你拿到三十一分。"

"我并不担心，"她老爸说，"去年淘金者对圣迭戈电光的比分总和是七十五。前年达拉斯对水牛城，总和六十九。你去哪儿？"

"拿啤酒。马上回来。"

给老爸一点时间考虑他们打的赌。赛事投注的盘口开达拉斯牛仔胜匹兹堡钢铁人十三分半。她和老爸都希望钢铁人赢，所以只能赌总比分了，谁接近谁赢，凯伦押的是四十五——真像做梦——老爸押的是六十一。

要是凯伦获胜，她可以去琼与戴维专柜随便挑一双鞋。要是老爸获胜，她必须来这儿做一个星期的晚饭，全都是他喜欢的菜色——焖牛肉、瑞士牛排、红椒鸡。她老爸逢人就说，他知道凯伦下厨有老祖母的手艺。

她拎着一瓶百威回来。"怎么样？"

"没什么，还是半场休息。专家在描述我们刚才看见的场面。"他等凯伦坐进沙发，把花生递给她。"所以你忍不住还是告诉了博登，他们在底特律。"

"对，他说，'你的意思是巴迪有可能在。'他确信他们已经分开。按照博登的推测，巴迪熟悉底特律，他在那儿住过，所以有可能回去躲起来。但你看弗利的案底，他供认他抢过的银行都在南方，西南各州和加利福尼亚。"

"博登，"她老爸说，"是不是一边听你说，一边急着

160

去看比赛？"

"他站在门口，不肯让我进家门。能听见比赛的声音……我问他能不能派我去底特律。绝对不行。想也别想。凭什么？他已经发出全境通缉令，底特律分局知道要抓谁。我说我只是想帮他们一把。我比参与调查的任何人都熟悉我们要找的这两个人。你在街上有可能和他们擦肩而过，但我不会。你只需要跟底特律分局打个招呼，说我要来就行了。"

"而他呢，"她老爸说，"还是急着想回去看比赛。"

"对，他说可以只是为了赶走我。我明天一早就走，应该会住威斯汀。"

她老爸稍稍皱眉，摇头道："你去调查局的底特律分部报到，你知道他们会怎么对待你。一个姑娘走进门，教他们怎么抓一对逃犯？"

"那得看我去不去报到了，"凯伦说，"我去过底特律，没忘记吧？接罪犯，两次。"

"所以他们认识你。"

"底特律警方认识我，"凯伦说，"但调查局的人不认识。我在重案组有个朋友，已经当到督察长了，他肯定愿意帮我。"

"结婚了？"

"他们都结婚了。"

他们在加利根酒吧看了差不多全场超级碗比赛，这家酒吧在杰佛逊大道上，离他们住的欧姆尼饭店只有一个街区。

弗利在他的房间里打开电视看比赛，巴迪拿来一瓶占边威士忌，他们一个坐在椅子里，一个坐在床上，看完第一节。弗利说他们应该找个酒吧，和一群能闹腾的活人一起看比赛。于是他们步行来到加利根酒吧，弗利穿着新大衣，缩着肩膀走路。酒吧里另外还有四个男人和一个女人，男人都来自外地，周末陷在底特律没法回家，女人说她住在希腊城，但长相一点也不希腊。金发，五十来岁。她说了她叫什么，但弗利听过就忘，半场时她说她有约会，就走了。

弗利和巴迪喜欢钢铁人队只有一个理由，那就是他们不喜欢骚包的牛仔队，虽说他们今天确实有趾高气扬的理由。比赛一边倒。最终比分是二十七比十七，达拉斯胜。

弗利从酒桌边起身，找酒保聊天。

巴迪又要了两杯占边加汽水，给路上暖身子用。

弗利回来坐下。

"寇博礼堂有时候打拳赛，还有宫殿球场，也就是活塞队的主场，还有伍德沃德大道的州剧院。他说从这儿走路就能到。他没听说过莫瑞斯·'史努比'米勒。我问乔·路易斯体育场为什么不打拳赛。他说怎么不打，那是红翼队的主场。然后说其实也打，但老乔那儿只打拳王赛，没有常规比赛。老乔，这是本地人的叫法。"

"你知道路易斯是这儿出去的，"巴迪说，"伟大的褐色轰炸机。杰佛逊大道上为他立了雕像，但只是右臂和拳头。"

"褐色轰炸机，"弗利说，"听着有点种族主义。现如今说话必须当心，一不留神就种族主义了。总而言之，他说如果史努比·米勒确实在拳击行当里，我们去科朗克体育馆说不定能找到他，托马斯·赫恩斯就在那儿训练。有次我回新奥尔良，碰巧看到刺客老大凭判点赢了贝尼特斯那场。我问酒保怎么去科朗克体育馆，他说不清楚，好像是西边。"

"我是城东人，"巴迪从窗口转身，"你看外面。这辈子见过这么多玻璃吗？那些高楼大厦，像是巨大的玻璃管。最高那个是威斯汀饭店。顶层是餐厅和鸡尾酒廊，好像是七十几层，慢慢旋转——慢得你都感觉不到。这会儿你看着汽车城，喝杯酒，你就看着河对岸的加拿大了。有兴趣的话咱们可以去一趟，好好看两眼这座城市。"

"要是我没看错，"弗利说，"这儿怎么荒得很，好像所有人都出城去了。"

"杰克，今天是星期天，所有人都在家里看比赛。你想去威斯汀看看吗？到楼顶去坐坐？"

"只要别去室外就行。"

"也没那么冷嘛。知道你该怎么做吗？放松身体。别弓着背，胳膊摆起来，让血液流动就不觉得冷了。"

"谁教你的？"

"应该是我姐姐。她就知道这种事情。"

"她住在阳光灿烂的加州。我们也该去加州，而不是来他妈的北极。"

"等一等，"巴迪说，"我们不必去室外。横跨杰斐逊大道的那个玻璃东西，就像一座桥，能让你从咱们的酒店走到复兴中心。"

"复兴中心是什么？"

"文艺复兴中心，那边那几根玻璃管。来，说说看你想干什么。"

"不知道。"弗利说。

"星期天一个人待在底特律，想不出可以干什么，银行也都关门休息，你说你可以干什么？"

弗利喝一口酒。

"不过我知道我明天要去哪儿。"

"好，哪儿？"

"科朗克体育馆。"

第十六章

莫瑞斯对格兰说的第一句是："想也别想，不许叫我史努比。叫我史努比老子早就不答应了。"后来在车里，他说："要是心情好，我偶尔允许'白小子'叫我莫瑞。'白小子'鲍勃是我的左右手，需要保镖他就是保镖，平时给我开车。"

这会儿白小子开着一辆九四款的林肯城市轿车，车是格兰从佛罗里达开来的。莫瑞斯给车换上了密歇根牌照，配套的证照他号称没问题。但格兰现在已经不知道这辆车到底属于谁了，是他还是这个系一条浅紫色头巾、曾经有个外号叫"史努比"的前科犯。

白小子似乎对莫瑞斯和格兰在后座上谈论他毫不在意。在这个没有太阳的寒冷下午，他们沿着伍德沃德大道从市区一路开到城郊，给格兰看里普利先生在布卢姆菲尔德山的豪宅。

"白小子，"莫瑞斯说，"虽说可以打得残暴又凶狠，但始终当不了职业拳手。要是让对手近身，给他一记重拳，白小子就会两眼发直，不知道如何是好了。我说的是在拳台上，明白吗？必须遵守规则的地方。你和他在街头单挑，那就完全是另一码事了。你看他的肩膀，看他的脖子有多粗。白小子鲍勃身高六英尺四，体重两百五十磅，一拳能打穿石膏墙。我亲眼见过。"莫瑞斯提高嗓门道："白小子，给格兰说说你那次抢劫为什么被抓。"

格兰看见白小子抬起眼睛看着后视镜。"我把钱包忘在我偷的那户人家了。"

格兰看见他在后视镜里咧嘴狞笑。

"他爬窗的时候从口袋里掉出来的，"莫瑞斯说，"他拿了电视机、录像机和另外几件东西，结果把钱包扔在地上走了。警察来找他，问，'鲍勃，是你丢的吗？'白小子说，'哦，应该是的。'根本没想有可能丢在哪儿。他被送进休伦谷监狱。"莫瑞斯又提高嗓门。"那次你蹲了多久，两年？"

"二十二个月。"

格兰看见他盯着后视镜，莫瑞斯说："小子，看路。"莫瑞斯转头对格兰说："我喜欢这辆城市轿车。我们可以在这家伙的地盘乱逛，警察和私人保安不会撵着我们追。明白我的意思吗？"

　　格兰说："当然明白，他们看见大脚怪开车，载着一个戴墨镜系一条浅紫色头巾的黑人，不，他们一点也不会觉得奇怪。"

　　莫瑞斯说："丁香紫，哥们，这个颜色叫丁香紫，这个风格是迪昂和职业联盟的其他防守后卫带出来的。我本来可以是他们当中的一个，住在这种地方，邻居都是我们种族的医生和篮球运动员。哥们，你需要的不过是钱。看，前面这条路叫……叫什么来着，白小子？"

　　"大河狸！"白小子对着后视镜狞笑。

　　"白小子就是忘不了一条叫大河狸的路。哎呀，我们从你在市区住的炮房旅馆走了快十五英里，这地方叫布卢姆菲尔德山。咱们先左转再右转。这儿哪有什么真的山啊，哈，但树倒是很多。记得隆波克吗？一眼望去全是树木，风景可好了，结果典狱长一声令下统统砍掉。"

　　"桉树。"格兰说。

　　"新上任的典狱长，"莫瑞斯说，"砍掉所有树木，放风场每天到中午以后才开放。我在面包房上晚班，明白吗？以前可以睡个懒觉起来训练。结果这么一来，我就没法训练了，不能练我这两条腿。腿脚要是不灵活，上了拳台就没戏唱。"

　　白小子说："我让莫瑞使出他最大的力量打我腹部。"

莫瑞斯说："你给我看路，小子。慢点儿，应该就是下一条街了……对，沃恩路，除了钱啥也没有。前面左边就是里普利先生家。对，砖墙……他的车道，就那儿。"

格兰扭头探出后车窗，瞥见一眼石板屋顶，树木间露出一幢都铎式的乡村大宅，占地广阔。格兰说："他开得太快了。"

莫瑞斯叫白小子到前面的车道上掉头，慢慢开回去，让格兰看清楚那幢大宅。

"好，慢慢开。地方很大，对吧？我们来过几次，看见有人剪枝修草坪，于是我派白小子去找工头，问有没有活儿给他做。工头说没有，白小子绕到后面，看见一个仆人在洗车，上去问能不能就着龙头喝口水。仆人也是白人，明白了吧？他们聊起来，白小子问这附近有没有盗窃问题，偷车之类的。仆人说有保安系统，业主在睡觉，听见什么声音他不喜欢？抬手揿下一个按钮，里里外外的灯立刻全部打开。他要是愿意，就再揿一下那个按钮，屋外的灯开始闪烁，警报拉响，警察接到电话，就像出动信号。这家伙防守严密，就差没有几个海军陆战队队员冲出车库扑向你了。我在想，咱们可不想碰上这种烂事。我下定决心了，要是这个里普利家值得进去一趟，那就只有一条路可走。你第一次跟我说里普利的事情，我就知道只有这一条路行得通。"

"怎么走？"格兰说。

"我会告诉你的，不过要先找到两个我需要的人手才行。我认识的两条健身房"小狼狗"，经常在科朗克晃来晃去。给他们一个人一百块，你要他们干什么都行。"

"他妈的给我等一等，"格兰说，"我让你入伙是没错，但你不能这么拖家带口。"

"你让我入什么伙了？"莫瑞斯说，"你这次来，总算跟我从头到尾说清楚了，这个里普利怎么在家里放了多少钱，还有钻石和黄金。但他是在五年前跟你说的了。如今他家里到底有什么？你说你要带两个人来，一对熟门熟路的犯罪老手。然后你又说你改主意了，你不带这两个人玩了。"

"但你告诉我，"格兰说，"你知道怎么破门闯入，只是你这位专家会把他妈的钱包忘在别人家里。"

"吃一堑长一智嘛，"莫瑞斯说，"先搞清楚钱在哪儿，然后再下手。可不能随便闯进去乱翻，寻找值钱的东西，做割开床垫之类的蠢事。那两个小伙子做的生意叫敲头，闯进别人家，殴打老太婆，抢走藏在咖啡罐里的现金。不——正确的做法是进去前你就知道非法所得都藏在哪儿，被抢的人绝对不会告发你。比方说里普利先生，你说那些钱是靠非法交易得来的。可是，他不但是好几年前告诉你的了，还有可能是在胡说八道。明白吗？里普利这个活儿值得去做的唯一理由，我指的是唯一确定的理由，就是一个人必须非常有钱，才能住这么一幢他妈的大房子。"

"他有钱，"格兰说，"别担心。"

"哥们儿，我只担心一件事，那就是你，你能不能挺起腰杆做事。明白吗？而不是叽叽呱呱说个没完。"

"我能不能做什么？"

"和我一起走进我相中的房子。屋主是个白人，我当年在少年帮里曾经卖货给他。"

"对不起，"格兰说，"但你说的东西我他妈完全听不懂。"

"你别往窗外看了，听我说，你会明白的。少年帮，哥们，我们拥有整个西区。我说的这个人会开车来廉租区，到我负责的路口停下，我给他配货。好，后来我给钱伯斯兄弟做事去了，他们手上有个快克作坊，知道吗？"

格兰摇摇头。

"有一帮姑娘在那儿工作，兑制可卡因，他们管那个叫火箭弹。"

"我以为你是做信用卡的。"

"信用卡算是副业，用来买衣服和居家用品。后来我被人卖了，联邦调查局逼问我，我拿出信用卡的案子做交易。明白了吗？他们觉得有总比没有好，就送我去隆波克，结果你说服我越狱。我这辈子就做过这么一件蠢事。言归正传，我说的这个人……知道我说的是哪一个吧？"

"以前找你买可卡因的那个人。"

"他找我买的是海洛因。过了一阵子发现快克更带劲，也是我卖给他的，那时候我已经在钱伯斯兄弟那儿了。可是，这个人一转身，自己也做起了生意，把快克再卖给其他白人。跟得上吗？"

"他妈的真是说来话长。"格兰又望着窗外的灌木丛、石墙和车道，努力保持冷静，但感觉他越来越掌握不住局势，先是车被莫瑞斯抢走，现在似乎又要抢走这整个活儿，叫史努比的囚犯已经无影无踪。

"你看，"莫瑞斯说，"我知道你没问题，但别用这个语气跟我说话，谢谢。不喜欢听我说的话，你随时可以下车。"

听这话说的。格兰觉得他应该发点声音了。"你好像忘了吧，这是我的车。是我一路开到这儿来的。"

莫瑞斯说："嘿，妈的，少来。我说我要这辆车，哥们儿，那就是我的了。你去自己再搞一辆吧。现在你好好听我说行不行？"

这显然不是讨论。格兰终于明白了，这是掰手腕，莫瑞斯在宣告谁说了算。格兰坐在座位上，裹着新买的羊毛衬里雨衣、羊毛手套和围巾，装出一脸诧异，虽说天晓得有没有用，但他还是说道："你他妈从哪儿来的这么多敌意？我以为咱们已经有共识了呢。"

"我说你能不能好好听我说？"

共识到此为止。

格兰磨蹭了一会儿，让莫瑞斯等着他，然后说："你在说的这个人曾经是你的顾客，现在自己贩毒卖给白人。你在想办法黑他一票，因为你知道他不会报警，他的钱——如你所说——都是非法交易所得。"格兰在语气里加了一丝厌烦。他瞥一眼扎着丝绸头巾的莫瑞斯，那家伙坐在旁边活像个他妈的非洲王子。"还有什么？"格兰问道。

"你要么是蠢到家了，要么就是在跟我装英勇，"莫瑞斯说，"好，咱们看看你到底有多英勇。"

《底特律自由报》负责警务报道的是个女人，叫玛西·诺兰，她看见凯伦·西斯科走向波宾街1300号的底特律警察总局。玛西刚在两个街区外希腊城的一家餐馆吃完午饭回来，走近1300号时看见了凯伦。但等玛西走进大堂，穿过金属探测门，凯伦已经进电梯上楼了……唔，她可能去三楼见某位高官，也可能是五楼的凶杀科或七楼的重案组。如果来接罪犯，凯伦会上拘留牢房所在的九楼。除非犯人在马路对面的韦恩郡监狱里。玛西·诺兰来到她在二楼的办公室，她和《底特律新闻》的警务报道记者共用这个房间，她拿起电话，打给《自由报》的一名助理编辑。

"嗨，是我，玛西。"她急着想说凯伦·西斯科——她在《迈阿密先驱报》工作的时候认识了这位联邦法警——但首先必须回答一堆问题。不，警方还没有透露消息。目前似乎只有四个男人开一辆蓝色面包车的目击证词。两个女人今天上午来认人。她说警方只能释放先前抓回来的那名嫌犯。"听我说，来了个迈阿密的联邦法警，凯伦·西斯科……我还不清楚，我要先找到她。她也许是来领某个在押罪犯的。我就是要搞清楚是谁。另一方面，《先驱报》有一张她在联邦法院门口的照片，非常漂亮。不，迈阿密的。算了，不重要，重点是照片真的很漂亮。凯伦很有腔调，而且人也美……你会看见的。有多美呢？就是她在办的事情如果不是新闻，那这张照片就可以挤掉麦当娜上《名人美人》专栏了……照片的评述咱们可以改掉，说她来接罪犯或者来干啥干啥……我无所谓。总之你看见照片就一定会用的。"

星期一傍晚，凯伦从她在威斯汀饭店的房间打给父亲。

父亲问她飞得好吗，说希望西北航空不再供应炒蛋三明治配香蕉和酸奶了，还有充饥百吉饼。老天在上，冰凉的百吉饼啊。他没等她回答究竟飞得好不好，也没打听底特律的天气，直接问道："那么，情况如何？"

"现在吗？"凯伦站在窗口，"我在看安大略的温莎市。记得一部电影叫《天堂陌影》吗？"

"不记得，谁演的？"

"没什么名角。不重要，"凯伦说，"我去见了雷蒙德·克鲁斯。"

"凶杀组那位老兄。"

"以前是，现在管人身及财产犯罪，还有性犯罪和儿童侵犯。"

"底特律，他肯定忙得很。"

"入室抢劫非常严重，性侵犯……他们在追捕一个团伙，四个男人开一辆面包车乱转，强奸女人。他们从街上掠走女人，甚至从车里拖走女人，在面包车里轮奸，然后把女人扔出来。雷蒙德说他们就快逮住这个团伙了，所以他不能分神。但他知道莫瑞斯·米勒是什么人，就是格兰·迈克尔斯十一月来底特律见的那个家伙。反正他是这么说的。他们甚至调出了莫瑞斯的案卷——前科有一大堆信用卡犯罪。他们在查他有没有入室抢劫的案底。他们在窃听几个抢劫毒窝的罪犯，听见有人提到莫瑞斯的名字，似乎是想拉他入伙。"

"坏人。"

"对，和他们一起干。"

"莫瑞斯被抓起来了吗？"

"警察还没有去找他。我告诉雷蒙德说我也许能帮他省点麻烦。他给了我莫瑞斯最近登记的地址，但不希望我单独去找他。我说，'雷蒙德，我是联邦司法人员，我有武器……'总而言之，他想陪我去，但他实在没有时间。"

"为什么听着像是约会？"老爸说的这种话她总是听过就忘。

"我在莫瑞斯的案卷里注意到一些细节，"凯伦说，"你也许会感兴趣。他登记的职业是拳手，雇主是科朗克健身中心。听说过这地方吗？"

"科朗克？当然，底特律过去这些年所有的优秀拳手都来自那儿。伊曼纽尔·史都华的训练计划，那些拳手都是他带出来的，汤米·赫恩斯……"

老爸突然停下。

"麦克洛瑞。"凯伦说。

"对，米尔顿·麦克洛瑞。"

"有个轻量级拳手，叫肯蒂？"

"希尔莫·肯蒂。你还记得他们？你那时候还小。朋友都在购物广场玩，你在家看拳击比赛。"

"哈，时不时地。还有肥皂剧，"凯伦说，"《综合医院》，我险些去当护士。"

"今晚你有什么计划？"

"没计划。看电视吧，希望有能看的东西。"

"星期一晚上，《大侦探波洛》，然后是《玛帕尔小姐》。你想去科朗克看看？"

"也许，只是去认认地方。"

"像这种地方，"老爸说，"拳手不会有问题，他们去那儿是为了拼命训练。但还有一些希望你认为他们是拳手的人，他们会滑步蹭来蹭去假装练步法，会打沙袋，但绝对不会上拳台。他们在那儿消磨时间是因为能让他们觉得自己是条汉子。你明白的，那种气氛。但你能照顾好自己的，对吧？"

"我明天打电话告诉你好不好。"

"忘了问你，"老爸说，"天气怎么样？"

"想当年，"莫瑞斯说，"看见一辆金色奔驰在停车场里，车牌号码就是'刺客'二字，你就知道汤米·赫恩斯来了。见到那辆车你就热血沸腾。"

格兰说他以为会有人在室外闲逛，或者做长跑练习。朋友，这个社区太凄凉太压抑了，垃圾在马路上飘呢……莫瑞斯说天气太冷，不能待在室外，这家伙扎着浅紫色的头巾，身穿定制的黑色水手呢外套，肩膀空出来的地方装得下一个白小子。白小子穿T恤和羊毛衬衫，跟着他们走上科朗克健身中心正门口的坡道。健身中心在麦克劳街和交汇街的路口，是一幢两层的红砖楼房。格兰觉得它更像无人使用的公共图书馆，位于城市里一个惨淡的区域。附近的街道两边挤满了上下布局的两户式公寓，带个小小的门廊，破旧的车辆使得街道更加狭窄。

走进健身中心，他们在登记台签下姓名和时间，在最后一栏写下"拳击"。他们走过紧闭的礼堂大门，格兰能听见里面传来年轻人的叫喊声、篮球与木地板的碰撞声。他们下楼梯来到地下室，穿过一条走廊，来到一扇门前，门的最顶上漆成黄色，标着"科朗克拳击中心"，其余部分是大红色，写着"这扇门引领许多人走向痛苦和名声"。

"前面一个比后面一个更多。"莫瑞斯等白小子挤过他们去开门。走进拳击中心，莫瑞斯对格兰说："感觉到这股热气了吗？像是脸上挨了一拳。"莫瑞斯脱掉呢子外套，露出黑色丝绸衬衫和浅灰褐色的褶裥长裤。"就算兄弟们流了那么多汗，味道也不难闻，对吧？去那边的椅子上坐一会儿。我几分钟就回来。"

椅子有点像公园长椅，面对拳台贴墙摆着，房间中央是全尺寸拳台，占据了健身房的大部分面积。四个年轻人——三个黑人，剩下一个像阿拉伯裔——在拳台上对空挥拳，摆动身体，弯腰低头，用缠纱布的拳头挥刺拳。格兰看见刚才进来的门口有个等身沙袋，墙上贴满了拳手的照片，拳台另一侧的墙上有个标语："沸腾你的热血。"另一个标语："奖赏越高，牺牲越大。"格兰盯着看了几秒钟，觉得前后似乎反了，应该是牺牲越大，奖赏越高。拳台左边摆着健身器材、速度沙袋、运动餐台和五颜六色的运动包。那里有几个年长的黑人，穿带"科朗克"红字的黄色T恤，他们是训练师，在教年轻人怎么健身，看着拳台上练步法的那几个人。莫瑞斯和白小子走过去，莫瑞斯和训练师轮流打招呼，做样子打刺拳，扭动他瘦骨嶙峋的肩膀，和他们一起摆动，但没有得到任何热情的回应，没有人露出笑容。一名训练师摇摇头，莫瑞斯走向下一个。白小子上了健身器，脱掉上衣，炫耀肌肉。

格兰从衬衫口袋里掏出一支烟，看着另外一个标语。"吃得苦中苦，方为人上人。"屁话！他叼着烟去摸打火机，一名训练师——一条彪形大汉——从健身房入口的方向走过来，对他摇摇头，指给他看"禁止吸烟"的标牌。格兰撩开雨衣，把香烟塞回烟盒里，下巴顶着胸口，心想我这到底是在干啥。再抬起头，他看见两个穿长大衣的白人走向他，他们直勾勾地盯着他。

天哪。杰克·弗利和巴迪。

巴迪首先开口："哎呀，种马，过得好吗？"他们越走越近，弗利脸上没什么表情，两个人谁也没有露出凶相，贴着他在他左右两边坐下。只给了格兰短短几秒钟调整情绪。

他说："天哪，你们在这儿干什么？"看起来还不赖。吃惊，但并不过分，好像很高兴见到他们似的。

弗利说："你难道不是在等我们吗？"

开门见山。格兰说："听着，我得告诉你们到底发生了什么。"他们坐得很尴尬，三个人面对拳台，而拳台上只剩下两个人。他对右边的弗利说："你带来的那个妹子——我的天，你知道她是联邦法警吗？"他扭头看巴迪，巴迪起身脱掉长大衣，然后重新坐下。"她认识我，因为那次藏毒指控。她开车送我去法院。两次。知道在车里的时候她怎么说吗？'我绝对不会忘记被我戴过手铐脚镣的人。'"

弗利说："是吗？她这么对你说？"

格兰扭头看着弗利，弗利依然心平气和，甚至带着一丝微笑。格兰说："她问我有没有枪。"他看见那一丝微笑又多了一点，并不明显，只是一抹笑意，弗利似乎觉得很好玩。

"她命令我开车，把你们扔在那儿，否则我就一辈子关到死。"

弗利说："然后呢？"

"我就开车了。换了你呢？"

弗利没有回答，他收起笑意，变得面无表情。格兰转过头，看着拳台上的两个人开始放对，他们绕着对方转圈，躲闪，挥刺拳，彼此击打拳套。

"后来呢？"

"她要我开下收费公路，带我回去自首。不了，谢谢。我一脚把油门踩到底。再一转眼，她扑到我身上，抓住方向盘，我们打转冲出路面，撞车了。"

"然后呢？你做了什么？"

"爬出车门逃跑了呗。"

"她没有拦你？"

"她昏过去了。"

"你怎么知道她没死？"

"她有呼吸。"

"但她有可能受伤了。"

"我该怎么做，找人帮忙？她一醒来就会抓我。我必须离开，朋友，逃得远远的。我偷了辆车，开到奥兰多，在迪士尼公园周围乱转，混进人群，朋友，我躲在人群里，直到想清楚接下来该怎么办。"

弗利说:"你和米老鼠躲在一起?"

"对,米奇和米妮,茫茫人海。我左思右想,觉得来这儿可以一举两得,能躲藏,还能做我在隆波克跟你说过的那个活儿。知道我说哪个活儿吗?"

弗利点点头。

"于是我打给莫瑞斯。"

"谁是莫瑞斯?"

"史努比,"巴迪说,弯腰脱掉西装上衣,"史努比·米勒。"

格兰——真是奇怪——听见史努比这三个字,突然感觉一阵轻松。不知道为什么,他首先想到的是小狗史努比,在脑海里看见四格漫画里的史努比,随后才想到另外这个史努比已经不是史努比了——他和几个训练师在一起。不,他正在和白小子说话,两人走向他们,白小子拿着衬衫和T恤。格兰不得不怀疑自己刚才为啥那么担惊受怕。

他凑近弗利,说:"过来的就是史努比。认得他吗?"

弗利不敢确定。他在隆波克只见过两次他打拳,就是在那段时间里,大家不再叫他疯狗,而是称呼他史努比,随后他就退出拳台了。他偶尔在放风场上看见他和格兰在一起。格兰站起身,弗利扭头看巴迪。

"扎头巾的那家伙。"

"怎么？"

"就是史努比。"

"小矬子，"巴迪说，"他如今是干什么的，算命？"

莫瑞斯走向格兰，弗利说："喂，史努比，一向可好？"他停下脚步，扭头看弗利。

莫瑞斯站在拳台绳圈边缘，视线从弗利转向巴迪又转回来，神情异常严肃。他对弗利说："我认识你？"

"隆波克。"弗利说完，等待格兰说些什么，因为这是他的局。但格兰没有开口。

"对，隆波克！"莫瑞斯说，好像他记了起来，又看见了隆波克的一角。

莫瑞斯跟着他的大块头走到近处，说："有什么问题吗？"

弗利顿时回到了监狱的放风场上，男人们彼此掂量，做出的判断有可能就是一条人命。弗利没有看大块头白人，而是盯着他记忆中的史努比，这家伙只会耍花样，闪转腾挪，离对手还很远就开始做头部假动作，脚下各种滑步，用拳套碰脑袋。他盯着史努比，直到他看见史努比的表情慢慢放松，最后咧嘴微笑。

"杰克·弗利。没错吧？"

弗利点点头。

"这位是巴迪。啊哈,对,我在放风场上见过你们。杰克·弗利。著名的银行抢劫犯。我最近读报好像还见过你。在佛罗里达越狱了,对吧?"

"那儿尽是人渣,史努比。我能出来真是多亏了朋友们的小小帮助。"他看见格兰想说什么。

但大块头没有给格兰机会开口,"你再那么叫他一次,我就用你的脑袋砸穿这堵墙。"

巴迪说:"那该叫他什么?史诺皮?"

弗利看着史努比抬起手,像是示意大块头别着急。

"现在没人叫我史诺皮或史努比了,白小子就是这个意思。他这人比较粗鲁,二位多担待。不过嘛,史努比早就是历史了。"

巴迪说:"那大家现在叫你什么?"

"就叫本名,莫瑞斯。没什么花哨的。"

巴迪说:"但你叫这个傻逼白小子?"

"白小子鲍勃。"格兰帮腔道,听上去似乎很坦率,但弗利并不买账。格兰对他们说:"白小子以前是打拳的。"向巴迪抛出鱼饵。

"他现在除了乱喷还干啥?"巴迪说。

"就好像回到了放风场上,对吧?"弗利对莫瑞斯说道。

莫瑞斯对他微笑。"实在太像了。谁也不肯后退半步。谁退谁就是软蛋。你和巴迪来这儿吹什么冷风？"

"他们认为他们要参加咱们的活儿，"格兰说，"但忘了通知我他们要来。我说过我有两个伙计，后来又说没了，就是他们俩。"

莫瑞斯说："咱们出去聊聊。"

"屋里聊有什么不好？"弗利说，"舒服又暖和。"

"暖和？朋友，这儿有九十五度，有时候能到一百——伊曼纽尔就喜欢弄得这么热，让他的小伙子们好好出汗，变得像汤米·赫恩斯一样瘦削又凶狠。不，我从来不在这儿谈生意。这地方就像我的圣地，朋友。明白吗？不过我反正要走了。你们要是想谈，星期三晚上来看拳赛，咱们坐下来好好享受一下。"

弗利转向巴迪，巴迪耸耸肩，弗利说："哪儿？"

他们出了体育馆去取车，弗利说："注意到了吗？这个活儿按理说是格兰的，但现在怎么看都像他在为史努比打工了。"

"听见那个肌肉混蛋怎么说了，"巴迪说，"再那么称呼他，你会有什么下场。"

"他只是在自我介绍而已，没别的意思。"

"是吗？他是什么人？"

184

"一个肌肉混蛋。知道我觉得哪儿有问题吗？"

"如果史努比在报纸上读到过你，"巴迪说，"那他就知道你值一万块。"

"你印象中有没有说'死活不论'？"

"我记得悬赏征求的是能成功逮捕你的线索。你要是死了，警方或许也会给钱，但我想不出史努比能怎么拿你换钱。明白我的意思吗？这和流浪汉告发古巴佬可不是一码事。"

"露露，"弗利说，"不知道警察有没有逮到奇诺。"

"有可能已经逮住了。我们这几天没太关心。"

两人过街走向他们的车，弗利说："我挺喜欢史努比扎的头巾。说起来，扎在他头上还蛮酷的。"

"要是被我撞见你扎那鬼东西，"巴迪说，"我就拿你去换一万块。"

格兰想从莫瑞斯嘴里套出点话来，但莫瑞斯只是看着两个小伙子放对，互相挥拳，他觉得自己像是在和墙壁说话。

"你说你可以找两个人，一人一百块就行，对吧？"

一个小伙子在黄色T恤外套着件背心，背心上标着"里卡多·欧文"，莫瑞斯对他大喊大叫，命令他出刺拳，刺拳，说否则你戴上拳套干什么？抬起手，出刺拳。

"如果你能找来那两个人，咱们就不需要弗利和巴迪了对吧？"

"我的人已经不在这儿了。"

"去哪儿了？你不知道？"

"里卡多，出拳，动起来，朋友。出拳，动起来。"莫瑞斯转身对格兰说，"这儿现在不允许他们入内了。"

"什么意思，不许他们进门？"

"贴紧他，里卡多。别给他空间。训练师捉到他们在前门口卖大麻，所以被禁止入内了。里卡多，他那么做，你就必须逼住他。"

铃声响起，拳手分开，垂着胳膊在帆布台面上转圈。

"走。"莫瑞斯带着格兰离开拳台，离开盯着他们的训练师，到离门最近的长椅坐下。白小子走过去，开始击打重型沙袋。

"你说过你要带他们入伙，"莫瑞斯说，"后来又说不带了，但他们还是冒了出来。"

"我说过了，我不知道他们会来。"

"但他们还是来了，他们知道这个活儿，想讨论一下。行啊。我本来想叫来帮忙的那两个人，现在我不想叫了，他们手太黑。明白吗？用两个抢银行的也没什么不好。我们知道他们有一套，谁比他们抢过的银行更多？"

"但你要知道，"格兰说，"那你就必须分他们一份了，而不是几百块钱。"

"你和他们是怎么谈的？"

"我们都还没谈那么深入呢。"

"唔，我们能给多少和他们能拿多少，"莫瑞斯说，"这是完全不同的两码事。"

第十七章

八点半，凯伦的电话铃响了。当凯伦听见"凯伦，是我，玛西·诺兰"，立刻明白了她的照片为什么会上报纸，登在美食版的背面，《名人美人》栏目的底下。

照片跨了两栏，凯伦穿定制的黑色正装和直筒裙，左肩背一个黑色挎包，手握雷明顿唧筒式霰弹枪，枪托搁在她翘起的臀部上，枪管以斜角伸过头顶，她的右手在扳机环上方握住枪身。凯伦戴墨镜，视线越过相机镜头，嘴唇微微分开。注释文字是：

女煞星凯伦

迈阿密近期审讯哥伦比亚团伙的贩毒案件时，联邦法警凯伦·西斯科把守联邦法院的大门。她的任务还包括向监狱递解罪犯和护送被告出庭受审。调查工作意味着捉拿刑事犯。凯伦隶属于联邦法警局迈阿密分局，昨天在本市因特殊任务会见底特律警局人员。

"我对不起你，"玛西说，"我是说他们抢先发了，应该等我先采访你的，看有没有新闻可以报道。"

"你怎么知道我在这儿？"

"我昨天看见你进1300号。我不知道你去见谁，但我心想我反正迟早会碰到你的，所以为了节省时间……"

"那张照片，"凯伦说，"是《先驱报》的。"

"对，我请编辑去找来的。两张报纸都属于奈特里德集团，告诉他们你要什么，几分钟后就发到你电脑上了。我跟编辑说，就算没新闻可挖，这张照片也能上《名人美人》专栏，他特意写了个字条记下这句。但后来我找不到你，正好又有别的新闻要跟，没去和我的编辑汇报。再然后，负责《名人美人》专栏的人看见字条，把照片标题改得模棱两可，就直接登上去了。凯伦，没能先找你谈谈，我真的非常抱歉。"

"没关系。别多想了。"

"我怕你会暴跳如雷。"

"我有时候会生气，"凯伦说，"但极少暴跳如雷。调查局和法警局说不定会琢磨我这是要干什么。"

玛西说："他们不知道？"

"我是说他们也许会以为我特别想出风头，以为是我打电话给你的。但我不认为他们会就此做什么文章。"

"你不希望他们知道你在底特律，"玛西说，"却被我踢爆了。对不起，凯伦，真的对不起。"她停了停。"能告诉我你到底在查什么吗？"

"'因特殊任务会见底特律警局人员。'这有什么不行的？"

"但没有任何具体内容啊。"

"我觉得已经足够了，"凯伦想挂电话，但还想问个问题，"你怎么知道我住威斯汀？"

"克鲁斯督察长。我打听来打听去，发现你去见的是他。能透露点什么吗？私下里说说？"

"先走一步看一步吧，"凯伦说，"喜欢底特律吗？"

"和哪儿比，北极？"

"没有我想象中那么冷。"

"等两天再说。我想回迈阿密想得连杀人的心都有了。"

"唔，你要是想回去，我可以带上你，"凯伦说，"我有时间了再打给你吧。可以吗？"

她打给雷蒙德·克鲁斯，等了两小时他才回电。他说他非常抱歉，但今天基本上都分身乏术。她说："雷蒙德，你不是在躲我吧？"他有点慌乱，因为他为人实在太好，他说不，绝对不是，他真的很想见她，但……她的心情总算稍微好了点，虽说这一整天她都无事可做了。她可以再打给玛西·诺兰，约她吃午饭或者五点以后碰头喝一杯。或者，干脆不等雷蒙德的消息了。不再浪费时间，自己去查莫瑞斯·"史努比"米勒的最后登记地址。

弗利读完运动版和娱乐版，匆匆浏览美食版，翻过来……读完标题，他盯着照片看了好一会儿，然后打电话到巴迪的房间。

"你有报纸吗？"

"我看见了。你怎么想？"

"她这张照片真是太美了。"

"除了这个。"

"不知道，"弗利盯着照片说，"但我不认为她来底特律和我们有关系。"

"她来这儿度假，"巴迪说，"因为她喜欢屎一样的天气。"

"我认为她在追查格兰。"

"她怎么知道他在这儿？"

"你知道格兰这个人，多半告诉了她，他从哪儿来。你能想到她凭什么能查到我们在底特律吗？"

巴迪沉默片刻，然后说："想不到，但警察如果在找格兰，又有人见过我们和他在一起……她不可能单干，一个人来这儿。"

"那姑娘还和你在一起吗？"

"她们才不会陪你过夜，杰克，除非你出过夜的钱。"

"让我想一想，"弗利继续盯着手持霰弹枪的凯伦·西斯科说，"回头再打给你。"

就算凯伦怀疑他们在底特律，调查所有的旅馆……他们登记的名字是乔治·R.凯利和查尔斯·A.弗洛伊德——名字是当场现编的，用现金预付了一周的房钱，告诉前台他们不希望旅馆把信用卡账单寄到家里。

"明白我的意思吧？"弗利对前台说，想使个眼色，却被那家伙厌烦的表情挡了回来。

他打到巴迪的房间，巴迪立刻说："警察如果在跟踪格兰，那咱们就完蛋了。明晚看拳赛的时候，我们会一起落网。"

"这个我知道，"弗利说，"我觉得咱们可以耍个心眼儿，先看清楚有没有警察盯梢，然后再进体育馆。"

"怎么才能做到？"

"我还不知道。咱们开车去他们打拳的地方先看看环境，州剧院对吧？"

"没错，剧院，也是电影院。"

"对，但周围有什么呢？咱们还是先看看清楚。晚一点咱们开车兜兜风吧。你还可以给我看你以前做事的地方。"

"你读报看见这个没有，"巴迪停了停说，"找到了。《金枪鱼烩菜引发争吵，或许导致激情杀人》。这个女人的同居男友，七十岁了，抱怨说她的金枪鱼意面烩菜不好吃，她端起十二号霰弹枪朝他脸上就是一枪。"

"我反正从来不碰那东西，"弗利说，"还有通心面和奶酪。天哪。"

"上面说警察在女人的头发里发现面条，认为男人把烩菜泼在她脸上。两个人已经好了十年。"

"爱情就是这么有趣。"弗利说。

他挂断电话，看着照片，考虑现在该怎么办。他拨通酒店接线生。"请转西斯科小姐的房间，谢谢。"他等了一会儿。接线员回来说没有用这个名字登记的客人。弗利拿出黄页，翻到旅馆部分。他试了雅典庙宇饭店，试了两家贝斯特韦斯特，试了庞恰特雷恩，跳过两家希尔顿，看着一溜五星假日酒店，说："妈的！"他的视线落向窗外，望着马路对面那些巨大的玻璃柱，停下来思考片刻。

威斯汀，肯定是威斯汀。

他找到号码打过去。

"请转凯伦·西斯科的房间，谢谢。"

过了几秒钟，接线员说："正在转接。"

弗利默默等待。他完全不知道能说什么，但也没有挂断电话。

接线员的声音重新响起。她说："对不起，西斯科小姐的房间无人接听。请问您要留言吗？"

凯伦揿响门铃，耐心等待，双手插进深海军蓝大衣的口袋，这是件双排扣的长大衣，腰带从后向前系。

这幢屋子在公园街从麦克尼科尔斯街下来的第一个街区上，威斯汀的门童说人人都管麦克尼科尔斯街叫六里路，因为它到河边正好六英里，而隔壁的几条路就叫七里路、八里路，以此类推。走洛奇公路，到利沃诺伊斯街下来，向北过了底特律大学，右拐几个路口就是公园街。那条路上全是大房子，老归老，但都挺漂亮。

一幢接着一幢，大部分是红砖建筑，街道两边是光秃秃的树木，房屋在寒冷中显露出年纪。凯伦问门童这儿下不下雪，门童说："唔，大概很快就要开始下了。"

门开了。

凯伦说："莫塞尔·米勒？"

这个女人三十岁上下，浅肤色，睡眼蒙胧，说："什么事？"她穿一件绿色丝绸睡袍，紧抱双臂抵御寒冷。

"我找莫瑞斯。"

"要是找到他，告诉他狗被压死了，我没钱买日用百货了。"

里面传来一个男人的声音，"莫塞尔，你在和谁说话？"

"一个女人，找莫瑞斯。"

"她有什么事？"

"还没说。"

凯伦说："里面不是莫瑞斯？"

"那是肯尼斯，我弟弟。他在打电话。"

那个声音说："问她找莫瑞斯什么事。"

"你自己问。莫瑞斯的事，"莫塞尔说，"不关我的事。"莫塞尔的声音听上去不是疲惫就是厌倦。她从门口转身，走进客厅。

凯伦进去关上门，走进门厅。

她听见肯尼斯的声音，看见他站在书房里，书房很小，书架空荡荡的，他身高大约六英尺一，中等身材，二十五到三十岁，穿黄色T恤，反戴棒球帽，拿着无绳电话正在说话。他侧对凯伦站着，凯伦听见他说："我怎么知道？"肯尼斯听了一会儿，点点头。"行，我能赶到。州剧院对吧？谁打谁？"他听了一会儿，又点点头，说："另外一件是什么事？"转向门厅，凯伦走进客厅。

莫塞尔坐在沙发上点烟。她对凯伦说："坐会儿？"

凯伦说谢谢，坐进一把椅子，环顾房间：压抑，窗外是灰色的天光、黑色的树枝和白色的灰泥外墙。壁炉里全是垃圾：塑料杯、包装纸、一个比萨盒。

莫塞尔说："你找莫瑞斯什么事？"

"我在找一个朋友，莫瑞斯应该认识他。"

"你不是假释办这种地方来的吧？"

"不是。"凯伦摇摇头。

"律师？"

凯伦微笑。"不，我不是。"她说，"也许你认得他。格兰·迈克尔斯？"

莫塞尔吸一口烟，吐出一缕烟气。"格兰？不，我一个格兰也不认识。"

"他去年十一月不是来过吗？"

"也许吧，我不知道。"

"他说他住在这儿。"

"这儿？这幢房子？"

"他说他住在莫瑞斯家。"

"唔，莫瑞斯自己都很少来这儿。"莫塞尔吸一口烟，让烟气飘出嘴角，懒洋洋地挥手扇开。"我当然想知道他去哪儿了，但另一方面也不想知道。明白吗？在莫瑞斯之前我和一个男人好过，我知道他的生意，知道他做的所有事情，一个很英俊的年轻人，感觉就像看着未来，看着这种生活迟早要走到尽头——结果当然就走到了。他被炸死了。"

凯伦等她说下去。

"那次他坐进一把椅子……我正在和他打电话。他坐进那把椅子，等他再站起来，就被炸得粉身碎骨。"

凯伦说："你知道会有这个结局？"

"我太知道了，"莫塞尔说，"实在太知道。所以我现在啥也不知道。我不知道谁叫格兰，也不知道他们都在忙活啥。明白吗？"

凯伦望着她，莫塞尔用双臂拢住绿色睡袍。

"你的狗死了？"

"被一辆车压死了。"

"他叫什么名字？"

"母的，塔菲。"

"你觉得我去哪儿也许能找到莫瑞斯？"

"不知道——健身房，拳赛场。他觉得他还在那个行当里。我知道他不会错过任何拳赛。明晚州剧院有比赛。他以前经常带我去看。"

肯尼斯站在门厅的拱形出入口里。他对凯伦说："你找莫瑞斯有什么事？"

莫塞尔说："她在找一个叫格兰的。"

肯尼斯说："我问你了吗？你给我出去，该干啥干啥去。"他等着莫塞尔一言不发地起身，穿过餐室离开他们。凯伦看着他走近，步伐轻快，反戴的棒球帽在脑门上压得很低，用举手投足让她知道他很酷，他很飞。

她看见他眼眶上方的疤痕，问："你打拳？"

"你怎么知道？"

"我看得出。"

"以前打，"肯尼斯摆动头部，动作像是佯攻，"直到视网膜脱离，两次。"他站在凯伦面前，近得凯伦不得不抬头看他。

"你什么级别，中量级？"

"随我身体发育，从轻量级到超中量级。你打什么，最轻量级？"

"特轻量级。"凯伦说，看见他咧嘴微笑。

"你知道你属于什么级别。喜欢拳击？喜欢动粗？哈，我看就像。喜欢躺下去扭打？就像我和塔菲，她没被压死之前，我们经常倒在地上扭打。我对她说，'真是好狗，塔菲，看我好好奖赏你。'然后我给塔菲每条狗最喜欢的东西。知道是什么吗？一根硬骨头。妹子，我也可以给你一根硬的。想看看吗？你够近了，一伸手就能摸到。"

凯伦摇摇头。"你不是我喜欢的类型。"

"没关系，"肯尼斯把手伸向拉链，"我放魔鬼出来透透气，看你怎么哄它开心。"

"等一下。"凯伦的手伸进身旁椅子上的挎包。

肯尼斯说："你自己带安全套？"

她的手从挎包里拿出来，握着看似高尔夫球杆把手的东西，肯尼斯对她狞笑。"包里还有什么，梅西喷雾？哨子，各种各样的女性防身用品？别跟我说你不是个骚娘们，也别说这会儿没心情。"

凯伦推开椅子，面对面和他站着。

"肯尼斯，我得走了，"她用看似高尔夫球杆把手的黑色橡胶警棍友好地捅了他一下，"咱们回头再见吧。"她向侧面跨了一步，擦着他走过去，知道他会企图拦住她。

他抓住她的左手手腕，说："咱们还没扭打呢。"

凯伦一甩警棍，十六英寸的铬合金弹出把手。她抽身退开一臂的距离，挥起坚硬的金属棍，砸向肯尼斯的脑袋。肯尼斯弯腰退开，大喊一声，松开她的手腕。凯伦从他身旁退开几步，有了施展的空间，他扑上来，她一棍打在他头部侧面，他痛苦地喊叫，站住不动了，一只手捂住耳朵。

"你什么毛病？"

他恶狠狠地瞪着她，低头看看手掌，又抬起手按住耳朵。凯伦不确定他生气是因为挨揍还是被她拒绝。

"你想扭打？"凯伦说，"这就是扭打。"她开门走了出去。

莫塞尔从餐室出来，拢着睡袍，摇摇头，对弟弟表示同情。她说："亲爱的，你不知道那姑娘是什么人？"

肯尼斯皱着眉头转身看她，显然他的脑袋在拳台上挨了太多下，已经被打傻了。

"她是某方面的警察，宝贝儿。但她人不错，对吧？"

"你会告诉莫瑞斯吗？"

"她揍的是你，又不是我。"

"莫瑞斯等会儿要来。我们有活儿要做。"

"他来了如果我在楼上，就告诉他我需要钱买日用百货。"

电话铃响了。肯尼斯去书房接电话。

门铃响了。莫塞尔打开门——还是凯伦，递给她一张名片。莫塞尔看着名片，凯伦说："万一你遇见格兰，我把酒店的号码写在上面了。"

莫塞尔把名片塞进睡袍口袋。

肯尼斯没问刚才是谁，她也没告诉他。

有件事弗利实在无法理解，底特律这么巨大的工业城市，街上为什么只有这么几个人？星期天，巴迪说因为今天是星期天，所有人都在家看比赛。可是到了星期二，闹市区还是没多少人在街上行走，数都数得过来。巴迪说谁知道呢，也许最近修了好多高速公路，大家都出门了。他们正沿着东杰佛逊大道出城，开的还是那辆奥兹，不过换上了密歇根的牌照。巴迪担任向导，指给他看通往百丽岛的大桥、旧海军兵工厂、七姐妹——底特律爱迪生电厂的高大烟囱，俗称七姐妹。那是水厂公园。巴迪说："知道庞蒂亚克吗？不是车，而是印第安酋长！他就在这附近扫平了一支英国军队，人们管那儿叫'血河'。"

弗利半信半疑地听着，眼睛左看右看，但脑子里只有凯伦，报纸上凯伦的照片，凯伦钻出后备箱，说"你赢了，杰克"，那是他心里最喜欢的她的样子。

外面在下雪，很大。

"快到了，"巴迪说，"那是消防站。"他皱起眉头，抓着方向盘坐直身体，雨刷左右摇摆，他眯着眼睛在纷纷扬扬的大雪中张望。"工厂在哪儿？那时候一直从里面到马路都是工厂，有座桥通往办公室，行政大楼……不见了。那边远处有什么东西。北杰佛逊大道。看见路牌了吗？那边远处，一排烟囱。肯定是新建的那个。我是说这个工厂真他妈大，占据了这附近好几个街区，每小时六千，现在没了。想看看我以前住的地方吗？"

"这样就行了。"弗利说。

"反正要调头，"巴迪开着奥兹拐进加油站，出来重新开向市区，"雪再这么下，撒盐的卡车就要出动了。我在旧工厂的工作是连接传动装置和发动机。"

弗利撕下了报纸上的照片，凯伦手持霰弹枪，身上的黑色行头很眼熟。照片放在西装上衣的内袋里。他在想要是打电话给她，不知道会发生什么。她说哈啰，他说……

"发动机从流水线下来，告诉你，这活儿就是给机器人干的。好，我用左手拿起传动带，传动带从一条轨道上挂下来，右手按升降机的按钮，就位后传动带上的凸起恰好对准传动装置上的洞眼，然后绕上去。"

他可以报上姓名。嗨，是我，杰克·弗利，一向可好？就这么说，简单明了。她会问他在哪儿，问他怎么知道她住这儿。不，她会说她很吃惊，或者出乎他意料的什么话。不管她怎么回答，他都要仔细听她的语气。

"然后你再按一下升降机按钮，让传动装置沿着流水线向前走，晃一下，到发动机前准备好。这时候你可以松开升降机控制器了，拿起空气枪，把四个螺钉打在外壳顶上——咚、咚、咚，打进去。"

或者直接去威斯汀酒店，打给她的房间。她要是不在，就在大堂等她回来。不管她去办什么事了，迟早都会回酒店。除非事情办完，她已经离开底特律。

"但要是你已经抬起了传动装置，而发动机已经过去了，你够不着了。那你就只能用双手抱起传动装置。老天在上，鬼东西他妈的快两百磅，你要用双手抱起来！哼哧哼哧追上发动机，接在传动轴上。"

弗利看见她穿过大堂走向他。她看见他，停下脚步，他们互视片刻，现在取决于她了：遇到这种情形，究竟有没有可能叫暂停，留一点时间聊几句。他想打个手势，一只手平放在上，另一只手竖起手指在下，无论符不符合逻辑，就这么发生吧。

"我在厂里工作的那段时间，一百万辆轿车走过流水线，克莱斯勒纽波特，每辆四千一百块。听起来很划算吧，但利润还是很丰厚。"

弗利听着雨刷左右摆动。

"哥们儿，雪越来越大了，"巴迪说，"复兴中心都快不见了，只能看见底下几层。"

"那儿有店吗，商店？"

"有啊，各种各样都有。"

"我想有空过去转转，买双能在这个天气穿的鞋，高帮的。"

"去那儿很容易迷路。你得留意方向，否则不知不觉就开始兜圈子了。"

"酒店就在正中央，对吧？"

"对，最高的一幢楼。我说的鸡尾酒廊就在顶上。会旋转。上面也可以吃饭。反正里面到处都是快餐厅。你饿了？"

"我只想喝一杯。"

"我得给雷吉娜打电话，"巴迪说，"她不为受惩罚的灵魂祈祷，因为如今再没人说炼狱如何如何了。但她还在念玫瑰经做九日连祷，希望我别完蛋。祈愿二十七天，数着念珠祈祷，然后感恩二十七天，祈祷的事情有没有成真都要感恩。我打电话，说明我还没有被捕。有次我在第二十七天打给她，她说，'懂了吧？'雷吉娜的思路就是这样，如果我还没有被捕，就说明我肯定没有抢银行。换句话说，她的祈祷应验了，我不会下地狱。所以，让她知道我没进去，她就总算有事可做。唉，谁知道呢？也许正是她的祈祷救了我的小命，或者是救了我的灵魂。哪怕我并不确定地狱究竟存不存在。你认为存在吗？"

"我只知道棕榈滩郡有个地狱，"弗利说，"肯定没人为我做九日连祷，但我是死也不肯回那儿去了。"

"别说得那么肯定。"巴迪说。

"唔，嗯，这一点我是已经下定决心了。"

"拿枪指着你，你就只能回去了。"

"拿枪指着你，"弗利说，"你就还有一个选择，对吧？"

第十八章

下午三点，室外雪暴正急，饭店顶楼的餐厅几乎空无一人，当班的女招待似乎也只有一个。凯伦愿意用身家性命打赌，女招待会让她坐在三个穿商务装的男人吃午饭的那张桌子附近——她没有猜错。三个高级经理模样的年轻人在闲聊，其中一个说了些什么，三个人哈哈大笑，直到看见凯伦走过，他们陷入沉默。凯伦在落地大窗旁坐下，瞥了他们一眼，有一瞬间想请女招待给她换张桌子，别离他们那么近。但他们的咖啡和干邑已经快喝完了，而她反正也只想喝杯酒。

"杰克丹尼，谢谢，另外要一杯水。"她扭头看着自己在玻璃上的倒影，窗外阴云密布，她在城市上空七百英尺，脚下大雪纷飞，寒风呼啸。她听见三个男人中的一个说："有什么不行……西莱斯特，再来一轮，谢谢，那位年轻女士的酒算我们的。"

凯伦记起老爸几年前读过一本书叫《西莱斯特，黄金海岸的圣母》。她扭头看见三个人微笑着对她举起小酒杯，他们都挺顺眼，三十五到四十岁，穿深色商务正装，两个白衬衫，一个蓝衬衫，和他的西装一样是深蓝色。"反正谢谢了。"她摇摇头。

女招待回到凯伦的桌边。"他们想请你喝一杯。"

"我听见了。就说我情愿自己买单。"

"他们没问题的，"女招待开启闺密模式，"他们谈成一笔交易，正在庆祝。"

"我有问题，"凯伦说，"不过既然你来了，帮我把酒换成双份吧。水还是另装一杯。"

她看着三个男人抬起头，听女招待传话。他们扭头望向她。

凯伦对他们耸耸肩，扭头继续看雪，心想这简直像是雪景球，晃一晃就大雪纷飞，只是此刻你坐在球里向外看。十分钟过后，酒送来了。她拿起小细颈瓶浇了点水，喝了一大口，穿深蓝色西装和深蓝色衬衫、打浅锈色领带的男人出现在她桌边。

男人说："不好意思。"

她喜欢这条领带。

"我的同事和我打了个赌，赌你是干什么的。"他微笑道。

不是朋友，不是哥们，而是同事。

"我赢了。你好，我是菲利普。"

不是菲尔，而是菲利普。凯伦说："如果你不反对，菲利普，我只想安安静静喝杯酒就走。可以吗？"

"不想知道我猜的是什么吗？我怎么知道你是做哪一行的？"

"实话实说，"凯伦说，"我一点也不好奇。真的，菲利普，我不想说难听的，我只想一个人待着。"她扭头继续看暴风雪。

"今天过得很不顺是吧？我理解，"菲利普说，"抱歉。"

她看着他的倒影转身离开。好绅士，彬彬有礼，体贴，懂事——她只需要说一句咱们走，他们就可以去寻欢作乐。

下一个说："我想我知道你为什么不开心——请允许我发表一下看法。"

这帮人怎就这么自信。

"你今天打电话给客户，询问订单进展，他们说呃，他们还需要考虑一下。"

都怪她这身黑色正装，她肯定是来底特律出差的，但看上去事情办得不太顺利。

"我凭直觉猜你是新的销售代表，这么年轻的一位女性——虽说像你这样美丽动人——接手这个项目，客户恐怕不太买账。"

对，就是这身黑色正装。

"猜得对吗？"男人微笑着，"你好，我是安迪。"

简直像是电视广告。经常弄湿裤子，你是不是非常尴尬？你好，我是琼·艾莉森。

"自我介绍一下，我们只是几个混广告业的，今天上午从纽约飞来，争取一个大客户。"安迪俯身望着暴风雪，或许是为了凑近窗户，让视线穿透玻璃。"海勒姆·沃克尔酿酒厂，就在河对岸——加拿大是那个方向吗？实在说不准，对吧？总而言之，我们为他们的新玛格丽塔预调酒做了个测试市场的宣传计划。我们提出的形象是个墨西哥大盗贼，戴着宽檐大草帽，左右斜挎两条子弹带，标题是，'你不需要臭烘烘的酒保'。客户倾倒了。我们明天回去，所以今天想庆祝一下。"

凯伦听完，说："安迪，我说实话，谁他妈关心啊？"

他皱起眉头，这是个同情的表情，他问："何必这么凶嘛。想说说发生了什么吗？"

在这些人眼里，什么事都和生意有关。

"走开，谢谢。"凯伦瞪着安迪，直到他转过身去。她只需要放松下来，他们会请她过去一起喝酒，但她没心情坐在那儿陪笑脸。好了，既然你不是做销售的，那你到底做哪一行？我是联邦法警局的执法官，你们几个王八蛋被捕了。不，他们会很喜欢这个的，所以她只能说得简单点：执法部门的联邦法警。他们会说哇，真的假的，像是有着莫大的兴趣：你带枪吗？然后会拿她说的每一句话开玩笑，让她知道广告业的弟兄是多么聪明好玩，最后切入正题：你住这家酒店吗？

她很确定第三个男人也会想来碰碰运气，否则另外两个也会逼他来的。他迟早会走过来。

凯伦喜欢和朋友喝酒。一个人的时候，她偶尔会接受陌生人的邀请，只要这个陌生人不是显而易见的怪胎。她就是这么认识卡尔·蒂尔曼的。他请她喝一杯，结果是个银行劫匪：博登通知她说他们正在监视蒂尔曼，她把情况告诉老爸，问应该怎么办，老爸说换个男朋友呗。不过，就算蒂尔曼不抢银行，她本来也很快就会发现蒂尔曼不是她喜欢的类型。他有各种让人讨厌的小毛病，例如不说"再见"和"回头见"，而是喜欢说"ciao"，还有他叫她"女士"的语气让她想起肯尼·罗杰斯。

如果他们能别再打扰她，此刻的新鲜体验倒也不错：暖暖和和地坐在暴风雪的中央，舒舒服服地喝着麦芽威士忌。她这么想着，情绪慢慢放松，渐渐有了感觉，却又有一身深色西装的倒影出现在落地窗上，第三个男人前来碰运气。凯伦等着他的开场白。最后，他说："能请你喝一杯吗？"

不用扭头去看，她就知道他是谁。

虽说内心知道得很清楚，但身体中央有一块肌肉还是骤然绷紧，怎么也不肯松开。她的想象和她在心里玩味的场景居然成真了，她害怕转过头去，他就会消失，或者来的其实是那三个男人中的一个。她盯着他的倒影，直到平静下来，这才转过头。凯伦抬起头看着杰克·弗利，他身穿一身利落的海军蓝正装，头发梳得不太整齐，但反而更好看。"好的，喝一杯，"她说道，就这么简单，"不想坐下吗？"

他拉出一把椅子，眼睛看着她。他坐在她对面，触手可及，两条胳膊放在桌子边缘上，两个人谁也不说话，甚至不聊天气。三个男人望着这一幕——凯伦不用回头看就知道——琢磨这到底是怎么回事。他们看见一个男人走进来：白种男性，四十七岁，六英尺一，一百磅，浅棕发色，蓝眼睛，没有明显的伤疤……不，他们见到的不是这个，而是一个很像他们的同类。但还是有所不同。他身上有些地方……她必须尽量不去回想他的过去，否则这一刻——无论他们到底在做什么——就行不通了。不能想他的过去，也不能想此刻过后会发生什么。不过有一点非常确定——无论是看他的登记表知道的，还是因为这会儿面对面看着他——那就是他的眼睛是鲜明的蓝色。他的牙齿很白，足够白……

"我叫加里。"他微笑着伸出手。

她犹豫片刻，然后配合他说："我叫西莱斯特。"于是也微微一笑。他们的笑容来得自然而然，因为就是想要微笑，他们在分享一个全世界其他人谁也不知道的秘密。

她的手放回桌上，他的手伸过来盖住她的手。她望着他的表情，慢慢抽出她的手，盖住他的手，他的眼睛始终盯着她的眼睛。她的指尖划过他的指节，轻轻地前后移动。她说："这儿点酒要等几个小时。只有一个招待。"

他扭头想了片刻，作势起身。"我可以去吧台。"

"别离开我。"凯伦说。

他回到椅子上。"那几个家伙打扰你了？"

"不，他们挺好的。我是说，你才刚来。"她拿起酒杯，放在他面前。"自己喝吧。"她看着他品了一口。

他咂咂嘴唇。"波旁。"

"差不多了。"

他说："你想说杰克丹尼不算波旁？"她对他微笑，他说："不，应该不算。你喜欢占边，早年时光？"

"都不错。"

"野火鸡？"

"很喜欢。"

他说："好，这个问题解决了。"

她看着他又喝一口，把酒杯放回她面前。她问道："你真的看过《天堂陌影》？"

他望着窗外的大雪，她知道他看过。

"两个男人带刚从捷克斯洛伐克还是哪儿来的姑娘去克利夫兰看伊里湖？积雪太深，根本看不见湖边？是那一部吧？"

她对他微笑。

他说："这是什么测验吗？"

"一个男人给了她一条裙子，"凯伦说，"她脱下来，扔进垃圾筒，说，那条裙子让我难受。"

他说："你喜欢扮无知，是吗？"

"只要我有时间。"

"你是做哪一行的？"

"销售代表。来了底特律，打电话给一个客户，他们因为我是个姑娘就难为我。"

"你是这么看自己的吗？"

"怎么，销售代表？"

"姑娘。"

"我反正没意见。"

"我喜欢你的发型。还有那身西装。"

"我有过一身更好看的，唔，款式差不多，但我只能扔掉了。"

"是吗？"

"味道不好闻。"

"送去洗都洗不干净？"

她说洗不干净，然后问道："你是做哪一行的，加里？"她看见他的眼神变了，变得近乎阴沉。

他说："我们这么能走多远？"

她被打了个措手不及，说不下去了。凯伦说："至少现在还没完。现在别说那些。可以吗？"

他说："如果我们不是我们，我看恐怕行不通。明白我的意思吗？加里和西莱斯特，该死，他们两个能知道什么？"

她知道他说得对，但等了一秒钟才回答："如果我们不是别人，那就只能是我们自己了。但别问我们能走多远或者会怎么结束，可以吗？因为我他妈的也不知道。我从来没玩过这个。"

听他说"这不是一场游戏"的语气，她知道他是认真的。"好吧，你觉得这符合逻辑吗？"

他说："不是必须符合逻辑，只是自然而然发生的事情而已。就好像你看见一个从没见过的人——你和他在街上擦肩而过，两个人都看着对方……"

凯伦点点头。"虽说没这个意图，但你们视线相交。"

"有几秒钟，"弗利说，"你们好像认出了彼此。两个人看着对方，似乎知道了什么。"

"但其他人都不知道，"凯伦说，"你会在他们的眼睛里看到证据。"

"再一转眼，那个人消失了，"弗利说，"想怎么补救都来不及了，但你会记得那一刻，因为机会曾经就在那儿，却被你放跑了，你会想，我要是停下来说些什么呢？这种事在你一生中只会发生寥寥几次。"

"甚至一次，"凯伦说，"咱们走吧。"

"你想去哪儿？"

凯伦抬起头。广告公司的三个男人正在准备离开，他们扔下餐巾，推开椅子，拼命拖延时间。菲利普看过来，然后是安迪。安迪挥挥手。凯伦看着他们终于离开餐桌，走向门口。

静悄悄的。她看着弗利，他穿贴身剪裁的海军蓝正装，白衬衫的衣领带固定纽扣，紫红色拼蓝色的棱纹平布领带——风格保守的职业经理人。她看着他的眼睛，说："去我那儿吧。"

"你的房间？"

"套房。我出示证件，酒店给我升了等级。"

"你的生意肯定做得很好。"

"谁知道呢，杰克。按照目前的发展，我说不定要开始找工作了。"

第十九章

莫瑞斯、白小子鲍勃、肯尼斯和新加入的格兰在客厅做准备工作，枪支和几盒子弹摆在咖啡桌上。莫塞尔站在门厅里看着他们。

她和这个格兰打了招呼，但没对任何人说有人在找他。

他进来的时候，莫瑞斯说他迟到了。格兰说："哦，是吗？"他对莫瑞斯说你他妈的看看窗外就知道他为啥迟到了。格兰说他握住他妈的方向盘，死抓着不放，尽最大努力待在他妈的路面上，抓得他两只手生疼。一辆车经过，烂泥之类的鬼东西就会溅满挡风玻璃。莫瑞斯说："你不是超一流的驾驶员吗，从来只超车，没见过能超你的。"格兰说："哦，是吗？"莫塞尔心想，这男人真是没教养。他说他开到一辆撒盐车背后，结果吃了一家伙，就像霰弹打在车身上。他说一个女人在他前面停下，他一踩刹车，车就转了三百六十度。他说你啥也看不见，在这种冰天雪地开车真是他妈的费劲，朋友，害得你精疲力尽。

"说完了？"莫瑞斯说，"你要是说完了，咱们就开始谈生意。"

"我不负责开车，"格兰说，"你想也别想。"

"我正想说你不用开车，"莫瑞斯扭头看看莫塞尔，"莫塞尔，你要什么吗？"

"我买日用百货的钱。"

"我们这就是要去取钱。戴上手套和面具，免得心血来潮想搞点副业……好了。我像不像忍者？"

"你会去看柯蒂斯的，对吧？"

"我们，呃，两小时后就回来，"莫瑞斯说，"我的小塔菲呢？我要亲亲她和她说再见。"

"你会去看柯蒂斯的。"莫塞尔说。

莫瑞斯听到塔菲出了什么事，顿时气急败坏，天哪，指天画地，破口大骂，格兰有两分钟以为他会暂停行动。他们坐进肯尼斯偷来的面包车，莫瑞斯和肯尼斯坐前排，说等他搞清楚是谁压死了小塔菲，那厮的小命就是他的了。他会连人带屋子一把火全烧了。肯尼斯嗑了安非他命，一张嘴停不下来，问莫瑞斯打算怎么找那家伙。

莫瑞斯说别担心，他会找到的，但没说怎么找。他砸了几拳仪表盘，格兰猜这是为了让自己保持清醒，为后面的事情做好准备。肯尼斯不时猛踩刹车，面包车侧向漂移。他松开方向盘大喊："耶！"莫瑞斯也不和他说话，直到沿着伍德沃德大道开了几英里，路灯照着纷扬洒落的大雪，一切看起来都很怪异。他们拐上波士顿大街，这条街上的住宅比莫瑞斯家还大，面包车擦过一辆停在路边的车，弹了一下。莫瑞斯说："你他妈什么毛病？"就这么几个字，直到他们来到目的地，一幢暗沉沉的大宅，只亮着几盏黯淡的小灯。

莫瑞斯说："车停在路上。免得出来发现被卡住了。"肯尼斯说："我们在雪地里开道，警察享受成果。"听上去他似乎觉得很好玩。天哪，这帮人。莫瑞斯说："准备好了？各自检查武器。"他们分给格兰的是一把短筒点三八小枪。肯尼斯拿霰弹枪。白小子鲍勃拿着大号手枪和消防斧。莫瑞斯是一把点四五，因为休·P. 牛顿曾经说过："一把军用点四五能浇灭一切妄动。"莫瑞斯从小听的就是休·P和黑豹党的光荣事迹。他对格兰说："你和肯尼斯跟我绕到后门。白小子走正门。我们听见他砸门进去，就端后门进屋。"他看着大宅说："朋友，时候正好。他们根本看不见我们来了。"

格兰说："他们有几个人？"

"他一个，弗兰基，他老婆伊内兹，还有一个为他们做事的黑鬼，塞德里克，"莫瑞斯说，"除非今晚还有伴儿。"

他们跳下面包车，匆匆忙忙排成一排沿着大宅侧墙奔跑。他们穿着网球鞋，踩得积雪吱嘎作响。肯尼斯在最前面开道，三个人跑到屋后，一起拉下滑雪面具。他们随即听见玻璃破碎的声音，白小子鲍勃正在破窗而入，听上去像是要用消防斧拆了这幢房子。他们听见他的声音，遥远但清晰，他大喊："警察！不许动！"莫瑞斯说："上！"肯尼斯挥起枪托，敲破法式门上的一块玻璃，伸手进去开锁。格兰跟着他们冲进屋子，在黑暗中绕过餐桌，就在门徐徐关上的时候，格兰看见一个黑人端着枪——霰弹枪，他背后的厨房亮着灯。他们出现得太近，吓了他一跳。他企图退回厨房，但莫瑞斯用点四五指着他的脸，吩咐格兰去拿他的霰弹枪。莫瑞斯说："塞德里克我的好朋友。你以为我会忘记你吗？"莫瑞斯把塞德里克拖出厨房，逼着他领着他们走向客厅。他对格兰说："那次我折进去，就是这黑鬼出卖了老子。"塞德里克扭头说了句什么，格兰没有听清，莫瑞斯挥起点四五砸在塞德里克头上，像是用枪管扇他耳光。塞德里克拱起肩膀，抬起一只手捂住脑袋。

白小子在客厅开灯，冷风灌进被砸成碎片的大前窗。他说："他们上楼了。"莫瑞斯说："白小子，你押着塞德里克，让他挡在你前面。"他们爬上折返楼梯，来到二楼，走廊很宽，两边的房门全都紧闭。莫瑞斯用点四五戳了一下塞德里克："带我们去见你的主子。"这次塞德里克没有说话。他领着他们来到走廊尽头的一扇门前，莫瑞斯大喊："警察！举起手出来！"但他没有等着看结果，而是说道："白小子！"白小子抡起消防斧，砸烂了门锁，这一击的力量向内打开了门。莫瑞斯推着塞德里克进去，挥挥点四五，白小子和肯尼斯跟上他。

格兰跟着莫瑞斯进去，本以为里面是卧室，却发现更像办公室，而且是工厂或仓库的那种办公室，古旧的写字台和文件柜，纸板箱堆得高高的，伏特加酒瓶，装满烟头的烟灰缸，天平，计算器。一个穿衬衫的男人站在打开的窗口旁。一个女人走出卫生间，卫生间传来冲马桶的声音。依格兰看，这是两个头发打结的邋遢毒虫，他们抱着胳膊揉搓身体。

"警察个屁，"男人的声音醉醺醺的，也可能睡意盎然，他点点头，"莫瑞斯，哥们儿，是你吗？"

莫瑞斯抬起滑雪面具。白小子和肯尼斯有样学样。格兰继续遮着脸。

"就算不是我，弗兰基，也会是其他什么人。"

男人说："那我有言在先，你找不到任何成品。"

"你从马桶冲掉了，当然找不到。对，我猜也找不到。伊内兹好姑娘，你怎么样？不太好嘛，对吧？朋友，你像是被嚼烂了又吐出来的。弗兰基，你开着窗会着凉的。"莫瑞斯扭头对格兰说，"我说的就是这位先生，曾经是我的顾客，曾经穿西装做发型。妈的，这个稻草人，以前他叫弗兰克，弗兰克和可爱的妻子伊内兹。你看海洛因能把一个人毁成什么样？"莫瑞斯说，"从你藏钱的地方翻出绿纸片。我记得有四五万对吧，就在这个房间里。弗兰基？集中注意力。我数到三，你告诉我钱在哪儿，免得我们动手拆了你可爱的小窝。准备好了？……一、二、三。"莫瑞斯抬起点四五，瞄准塞德里克，一枪爆了他的头。冲击力带着塞德里克撞在文件柜上，他像是靠了片刻，然后缓缓滑下去。莫瑞斯走过去站在尸体旁边，格兰以为他要再补一枪，但他只是站在那儿盯着尸体——直到弗兰基开口，莫瑞斯才抬起头。

"你早就想做掉他了，对吧？妈的，你来就是为了做掉他。"

"你这么觉得？咱们试试伊内兹，"莫瑞斯转向伊内兹，举起点四五，"再来数到三？"

伊内兹直盯着他，瞪大眼睛，缩着肩膀，双手紧握成拳头。她说："给他！"她提高嗓门，声音嘶哑而刺耳，一边咳嗽一边说："他要什么都给他。"

"他反正会对你开枪的，"弗兰基说，"他会杀了咱们俩。"然后他看着莫瑞斯，"对吧？"

"你不告诉我钱在哪儿，"莫瑞斯说，"我这就开枪了。"

"那个文件柜里，分成几个地方放的，"弗兰基说，"就是塞德里克旁边那个。"

"行了，"莫瑞斯说完，拉开文件柜，"咱们看看这儿有啥。"他在文件里东翻西找，看见现金就交给格兰清点，全是小面额的，格兰清点后扔进一个纸板箱——加起来才刚过八百。就这么多。莫瑞斯对弗兰基说："你就要折腾我们对吧？你真的这么想？"

"去你妈的，"弗兰基说，"你反正要杀了我。"

莫瑞斯没说他会不会杀他。他一个字也没有说，直到他们掏空了文件柜里的所有文件，看过了所有纸箱，翻过了写字台抽屉、马桶水箱和他们能想到的一切地方，末了，莫瑞斯对弗兰基说："你说得对！"对着他的胸口连开两枪——砰，砰，简简单单两枪。格兰看着弗兰基撞在窗台上，险些飞出窗户，倒地而亡。莫瑞斯说："我看这儿没戏唱了。"

格兰拿上钱，跟着莫瑞斯走到走廊，他只想逃出去，朋友，立刻冲下楼梯，夺门而出。

他们打开前门出去，踩着一英尺深的积雪走下车道，呼吸着冰冷的空气，深深吸气，慢慢吐息，看着自己的呼吸。

朋友啊朋友，这些家伙。他和莫瑞斯坐进面包车，莫瑞斯看着那幢屋子说："快点，快点。"

他们继续等待，引擎开始空转，但车里依然很冷，吐出的白气像是在抽烟。格兰忍不住问："白小子去哪儿了？"

"在里面留他的名片，"莫瑞斯说，肯尼斯哈哈大笑，"白小子喜欢拉屎留念。"

肯尼斯狂笑不停，直到莫瑞斯命令他闭嘴。

格兰坐在冰冷的黑暗之中，裹紧羊毛衬里的雨衣，心想我他妈的在这儿干什么。

回到家里，莫瑞斯分出几张钞票给莫塞尔。她看着钱说："就这么点？我找警察还更有赚头呢。收音机播了，上交一把枪就能拿一百块，不问任何问题。"

"你相信吗？"莫瑞斯说，"你相信他们不会查序列号，看是不是贼赃？"

"JZZ这会儿正在播。他们可不会说是不是真的。"

"你敢碰我的枪，"莫瑞斯说，"我就卖了你。"他转向格兰。"你得跟着我，我要盯着你。"

格兰皱起眉头，眯着眼睛看他。"这话是他妈的什么意思？"

"免得你跟我玩失踪。"

格兰继续眯着眼睛看他，拼命挤出吃惊的表情。"我为什么要那么做？"

"搞得好像他有超能力，"莫塞尔对格兰说，"会读心术。我不在场都知道你在想什么。比你想象的可怕得多，对吧？宝贝儿，你这是搭上一帮好小子喽。"

第二十章

她在电梯里一言不发，回到套房里依然沉默，弗利打电话要客房服务，得知需要十五分钟左右才能送到。他告诉她，她说，"哦"，环顾房间，像是在想他们应该坐哪儿。他看着她开灯，走到窗口，说雪还在下。他看着她走向卧室，说去去就来，但知道她不会在客房服务敲门之前出来。

侍者送来一瓶野火鸡酒，一小桶冰块，一壶水，两个杯子和一碟花生，把托盘放在咖啡桌上。弗利付钱。他坐在沙发上斟酒，凯伦抽着烟走出卧室，身上还是那件黑色正装。她说："哦，已经送来了。签个字就可以记账。"他没有说他有没有签字。他在吃花生。他站起来，两手各拿一杯酒，走到她面前。她说："哦，谢谢。"接过酒杯。他看着她拿起酒杯喝了一口，然后挑起眉毛说："嗯——"像是这辈子第一次品尝波旁威士忌。

"你后悔了。"弗利说。

她拿起香烟盯着看。

"我知道你为什么烦恼，我能理解你的感受。"

他等了一会儿，看她深吸一口香烟，扭头吹出一口烟气。她转回来继续看着他，他说："你觉得我对你来说太老了。"

他再次等待。

这次她似乎有点吃惊。

他面无表情地等待。

她开始微笑。很好。不算太灿烂，但眼睛看着他，而且是理想中的那种微笑，又在和他密谋什么，知道其他人都不知道的秘密。她换上严肃的表情，点点头。她说："也可能我对你来说太年轻了。你觉得我们能解决这个问题吗？"

他们坐在沙发上，喝着威士忌吃着花生，没有任何计划，就让事情自然而然地发展，渐渐感觉到彼此的激情。凯伦脱了鞋，两条腿垫在身体底下。弗利脱了上衣，但没有解开领带，系着这条领带他感觉很好。他想起口袋里的凯伦手持霰弹枪照片，掏出来摆在咖啡桌上。她说："所以不是偶然的。你发现了我在这儿。"他说他在楼下打过电话到她的房间。她说："如果我接了电话，你打算说什么？"他，唔，他会自我介绍，问她还记不记得他，愿不愿意见面喝一杯。"如果我还记得你，"凯伦说，"我来就是为了找你。我会说当然，非常乐意。但你怎么知道我不会带着一支特警小队出现？你凭什么信任我？"他说因为这个结果值得他冒这份风险。"你喜欢冒险，"她伸手抚摸他的面颊，亲吻他，非常轻柔，说，"我也是，嘴里有花生味儿的家伙。"

她在雪佛兰的后备箱里记住了他的声音，在之前车头灯的强光下记住了他的眼神，他说"天，你还是个小姑娘""我肯定很臭，对吧？"时的平静眼神。浑身都是越狱时沾上的污泥，他却那么健谈。假如真的存在那么一个时刻——两人讨论过的那种时刻——那就肯定是车头灯下的那一瞬间了。这会儿他清清爽爽，硬朗的脸刮得干干净净，她的手指抚摸他的颧骨、他的下巴曲线、他鼻梁中央的一小块伤疤。她说："迟早……"她忽然停下，他正要喝酒，从杯沿上方看着她。她喜欢他的双眼。她说："你的眼神很友好，信任别人。"

"你刚才想说的不是这个。"

她耸耸肩，没有回答。但迟早她要问他……迟早她会对他打开话匣子，而且一开始就停不下来。她说："记得你当时有多健谈吗？"

他说："我很紧张。"他给她点烟，然后给自己点烟。

"是啊，但你没有表现出来。你相当冷静。但等你钻进后备箱……"

"我怎么了？"

"我以为你会企图扯掉我的衣服。"

"我根本没动过这个念头。好吧，其实动过，不过要到——还记得我们谈起菲·唐纳薇吗？"

"我知道你想说什么。"

"我说我喜欢那部电影，《秃鹰七十二小时》，你说是啊，你喜欢里面的台词？比方说两人睡到一起，第二天早晨他说他需要她帮忙，她说——"

"'我难道拒绝过你吗？'"

"听你说话的语气，我有几秒钟心想，你这就要扑上来了。"

"也许我确实有这个念头，连自己都不知道。雷德福说她不是非得帮他，她说……你还记得吗？"

"不记得了，你说说看。"

"她说，'睡间谍的老姑娘永远靠得住'。"

"她为什么要说'老'？"

"她那是在自贬。"

"你会这么说自己吗，睡间谍的老姑娘？"

"我认为她当时还怕得要死，想尽量活跃气氛。他们上床之前，她指责他太粗鲁。他说，'怎么了？我难道强奸你了？'她说，'这个晚上还长得很呢。'我就想，什么啊？她这是在干什么？撺掇他吗？不，我不会那么说，绝对不会，或者说自己是睡间谍的老娘们。或者其他类似的话。"

她说，"你知道你当时一直在摸我吗，摸我的大腿。"

"对，但没有恶意。"

"你说我是你的zoo-zoo。"

"那是监狱里的俚语，糖果，甜食。现在已经很难听见了。"他微笑，抚摸她的手。"你是我的犒劳点心。"

他的登记表说他没有明显的伤疤，但他右手有一道白色疤痕横贯三个指节，中指缺了半根手指。

"你问我怕不怕。我说当然怕，其实并不怎么害怕，我自己也很吃惊。"

"我也许臭得像是下水道，但你还是看得出我是个绅士。据说约翰·狄林杰为人也很好。"

"他杀了个警察。"

"我听说那并不是他的本意。狄林杰瞄准警察的腿，警察恰好摔倒，子弹打穿了他的心脏。"

"你相信吗？"

"为什么不相信？"

"你说如果咱们在另外一个地方遇见，真不知道会发生什么。"

"你对我说谎了，对吧？你说什么都不会发生。"

"也许我就是从那会儿开始琢磨这个念头的。要是真能那样呢？"

"可后来你为什么会企图杀我？"

"你以为呢？从我的角度看，你有可能把车随便找个地方藏起来，而我锁在该死的后备箱里。我先警告你了，对吧？我叫你举起手来。"

"对，在我叫你出来之后。你知道我不会把你扔在那儿的，你却对我们开枪。"

她想到那把枪，说："那把西格点三八是我最喜欢的武器。"她看着他给两人斟酒，香烟叼在嘴角。这一刻的他像是来自另一个时代。

"我想过一个问题，"凯伦说，"你当时打算怎么处理我。"

"我不知道。我自己都没想好。我只知道我喜欢你，我不想把你扔在那儿，一辈子再也见不到你。"

"你在电梯里对我挥手。"

"我不确定你有没有看见。"

"我都不敢相信了。我当时经常想起你，琢磨我们要是真的遇见，会是怎么一个情形。比方说我们可以叫暂停……"

"真的？"他说，"我也这么想过。咱们可以叫暂停，在一起待一阵子。"

她想问，但一阵子是多久呢？然后呢？但她说："我们在街上遇见的那天，你知道那是我吗？"

"你开玩笑吗？我险些站住不走了。"

"但你并没有。"

"我确实想的，但我一副游客打扮，觉得很不好意思。我怕你以为我喜欢穿成那样。"

"黑袜子配凉鞋。"

"伪装的一部分。"

"我看着你一直走到路口拐弯。"

"我能感觉到。"

"你本来是去见阿黛尔的，对吧？"

"我看咱们就别说那个了。"

"是啊，你说得对。也不提巴迪。我不问他是不是和你在一起，不问你来底特律干什么。还有你有没有遇到格兰·迈克尔斯。"

"别那么说话，谢谢。你吓着我了。"他说，"我正在回忆——菲·唐纳薇和罗伯特·雷德福开始接吻……"

凯伦点点头……

"我现在是什么？"

特大号的床上，她躺在他怀里，客厅照进来的灯光离他们只有咫尺之遥。

"你还是我的zoo-zoo。"

她从他怀里坐起来，把两条腿放下床。

"你会回来吗？"

她说："睡老银行劫匪的姑娘永远靠得住。"

他在她下床之前拉住了她，坐起来，从背后凑近她，他的手臂从背后抱住她。

"你在耍什么花样吗？"

"我得去卫生间。"

"是吗？"

她说："我也不知道。"

他松开她，看着她站起来，走进卫生间。门关上了。他感觉暂停时间行将结束，他会听见仿佛狱警吹出的一声哨响，叫你放下手里的什么事情，开始做另外一件什么事情。他不知道现在说什么能把她叫回来。他不确定自己能不能设身处地猜一猜她在想什么。他不知道该怎么倾听，该怎么等待——他只是擅长等待。假如他无法把她叫回来，哪怕只是一小会儿（时间限制并不存在），那么他就必须严肃起来——虽说不想，但他知道他必须严肃起来，两人的这段关系到此结束。

她回到床边，低头看着他，他却相信他能把她拉回身边。

她说："有件事我希望你知道。你可别误会，我要的并不是一场性爱。"

"你生什么气？"

"或者是寻找什么异样的刺激。和一个银行劫匪睡觉，就像有些女人喜欢野蛮的性爱。"

"那我的动机呢？"弗利说，"现在我可以去宣扬我睡了个联邦法警。你认为我会吗？"

她犹豫片刻。"不知道。"

"回床上来。"

他掀开被单，她站在那儿左思右想，最后还是钻了进来，他用双臂搂住她。

他说："我认识一个家伙，老婆管得特别严，不许他和朋友出去玩，一分零花钱都不给他，他是个酒鬼。他抢银行是为了报复老婆，抢的那家银行里有人认识他，他确定自己一定会被抓。他老婆丢了面子，这家伙非常开心。他坐了五十四个月的大牢出来，跟老婆和好，然后又去抢了同一家银行。还有一个家伙，他拿着一瓶东西走进银行，说那是硝化甘油。他从一个柜员手上刮了些现金，转身出去的路上，他手一松，那瓶东西掉在瓷砖地面上摔碎了，他脚下一滑，摔破了脑袋。所谓的硝化甘油只是菜籽油。我认识的银行劫匪里，脑子坏掉的远远多过知道自己在干啥的。我估计十个里只有一个看见染色弹说得出那是什么。这种人就像——记得伍迪·艾伦抢银行的那部电影吗？"

"《傻瓜入狱记》。"

"他递给柜员一张字条，柜员看了看，说，'你有一把炝？炝是什么？'真是太准确了，因为绝大多数银行劫匪都他妈是白痴。听过他们的匪号吗？狐臭大盗、胖胖大盗、嘟囔鬼、劳莱与哈台二人组？有个家伙叫褶裥先生？还有一个叫酋长的，扎一条穆斯林头巾似的鬼东西？蚂蚱？这家伙喜欢没头没脑地跳上柜台。罗宾汉？"

她说："你有什么匪号吗？"

"我应该没有。我想说的重点是，为了夸耀而和银行劫匪睡觉的人，肯定比银行劫匪还要傻。我知道你不傻，我知道你不是为了寻求异样的刺激——就像你说的。所以我怎么可能那么想？你怎么会认为我有可能会那么想？"

她说："你不傻。"

"三进宫的，"弗利说，"也不一定有多少脑子。"他等了几秒钟，躺在那儿搂着她，然后说："你要是对我认真了，那就必须结束了。你必须停止思考。"

凯伦没有立刻开口，而是偎依在他身旁，最后说："我不想失去你。"

"我们都有这种感觉，所以我们才会走到这一步。但我们没有出路，你知道的。你不能放弃你拥有的生活，而我想改变已经来不及了。就算想改也改不了。隐姓埋名去找工作？你对一个职业罪犯说'工作'二字，他会立刻蹿出窗户，都不看底下有几层楼。你看，我们知道我们的结局，"弗利说，"气数尽了那就是尽了。我这么说是因为我知道我全心全意地爱你，真的爱你。"

她的脸凑近他，他看着她的眼睛，心想她大概在哭，或者马上就要哭了。"我不能跟你走。"她的声音小得几不可闻，"我想知道将会发生什么。"

"你知道的。"弗利说。

凯伦侧躺着面对卫生间醒来，她没有立刻睁开眼睛。她想睁开眼睛，想看床头柜上的收音机闹钟，想转身伸手去抚摸他——假如他还在她的身旁。只要她不睁开眼睛，不转动身体，他就会永远在她身旁。于是她躺在那儿，嘴里还是昨天留下的威士忌气味。剩下的只有这个。最后，她说，唉，天哪，现实些吧。

她睁开眼睛。

十点一刻。卫生间的门开着，灯没有开。

她翻身平躺，扭头去看。他那半边床空空如也，房间里寂静无声，窗户黑沉沉的。她记得她在卫生间照镜子，出来后说了些现在越想越愚蠢的话，听见自己在说话，听见当时的语气，听见他说"你生什么气"，后来说"你要是对我认真了，那就必须结束了"。但她就是这么做的，她动了感情，搞砸了一切，因为她想得太多，想知道事情会怎么结束。她心想，唉，现在你知道了。起床吧。

凯伦怀着几分期待走进客厅。弗利已经走了，但说不定留了个字条。她环顾四周，看看写字台，看看咖啡桌。他放在咖啡桌上的剪报不见了。但半瓶酒和冰桶旁边多了个用餐巾包裹的东西。她拿起那件东西，没有打开餐巾就知道里面是什么。

她的西格绍尔点三八。

第二十一章

"我放你下车，"巴迪说，"把车交给停车小弟，格兰和一个叫肯尼斯的黑小子在大堂等我们。那是下午三点，大雪下得纷纷扬扬，他们要咱们和他们走一趟。我说你去买鞋了，你们想过去找他就祝你们好运吧。我们出去，白小子在车里等我们。请问你是几点回来的？"

"十点左右。"

"买一双鞋花了你多久，七个钟头？"

星期三上午，巴迪来到弗利的房间，皱着眉头想知道他去了哪儿。

"我见到凯伦·西斯科了，"弗利说，"她住在威斯汀。"

巴迪没有立刻开口。他先在桌边坐下，隔着客房服务的托盘看着弗利。弗利穿着袜子和内衣，正在吃大陆饭店的早饭，手边还有一瓶占边威士忌。

"她见到你了吗？"

"嗯，见到了。"

巴迪说："哦，天哪。"他看着弗利往咖啡里加了一注占边。"唉，咱们还真是不把这个当回事，对吧？你和她说话了？"

弗利点点头。

"请她喝了一杯？"

"好几杯。"

"她知道你是谁。"

弗利又点点头，喝一口咖啡，抬起杯子。

"喝点儿？你可以用卫生间的水杯。"

巴迪摇摇头。"你们好好聊了聊，然后你就走了？"巴迪等他回答，但没有等到，弗利咬一口丹麦卷。"怎么样？一个被通缉的重罪犯和一个联邦法警交往？"

"你知道我对她的感情。"弗利放下咖啡杯，"我逃出来的那天夜里，我们在高速公路旁边的树林里，她坐进了格兰的车。你一直问我为什么带上她。我说我只是想和她说说话。嗯哼，结果她也想和我说说话，所以我们就说了说话。"

巴迪说："你难道睡了她？如果真是那样，我大概还能理解你到底在想什么。我知道女人的身体对男人能有多大的诱惑。我无法想象的是你为什么要冒上丧命的危险，虽说我知道你已经得手了。"

"和睡不睡没关系，"弗利说，"你在高速公路上对我说，现在想过普通人的生活已经晚了。这个我知道。但我还是想知道假如我不是我，事情会怎么样。"

"知道答案了？"

弗利说："对，知道了。"语气听上去不是很开心。但这代表着什么呢？他找到的答案让他失望？还是后悔他抢了那么多家银行？

别问，巴迪心想。他说："现在怎么办？"

"咱们回到原点了。"

"不想换个地方试试？"

弗利喝一口威士忌兑咖啡。他说："你要是想走，我能理解，但我要留下。"

"唉，妈的，"巴迪说，"既然你这么感性的人都不担心……不过我看咱们还是换家酒店吧，靠得别太近。"

"我不介意。"

"她知道格兰在底特律？"

"应该知道，但我猜她还没有找到他。"

"格兰和这帮人在一起非常紧张。白小子和肯尼斯，这种人多半拼不出自己的名字，但啥都知道一点。他们带我去州剧院，平时就是个电影院，在伍德沃德大道上。积雪要是没那么深，咱们步行就能到。撒融雪盐的卡车把积雪堆到马路中间，然后装车运走，估计是倒进河里了。"

"拳赛是几点钟？"

"八点开始。"

"咱们十点左右去。他们有没有说史努比为什么没出现？"

"说他很忙。我和格兰说话的时候叫他史努比，格兰瞥一眼白小子，我看见白小子在后视镜里恶狠狠地瞪我。咱们和这帮孙子只能合作一次，要我说，一次都嫌多。"

"都走到这一步了。"弗利说。

"他们带我经过底特律运动俱乐部，说里普利差不多每天都来这儿吃午饭，下午三四点出来，走克莱斯勒高速公路回家。格兰说他们从十一月开始就盯着里普利了。明白了吗？但格兰只在这次回底特律才告诉史努比目标是什么。"

"他们需要格兰干什么？"

"真是个好问题。"

"他们需要我们干什么？"

"这个问题就更好了。"

"咱俩得互相照应。"弗利说。

他们互相照应已经好些年了。巴迪看着大陆饭店早餐篮里的面包卷。"你吃得完吗？"

"随便吃，别客气。"

"我带着你女朋友的霰弹枪，但只能装在手提箱里拿出酒店。你的西格绍尔不是问题。"

"已经不在我这儿了。"弗利说。

巴迪拿着一个羊角面包正在涂黄油。他说："你怎么处理了？"一口咬掉半个。

"还给她了。"

巴迪咀嚼了几秒钟，还没咽下去就说："你要是想忘记这整件事去加州，我非常愿意开车。"

博登听上去很有耐心，他说："凯伦，我刚问过我们这儿的同事，他们说你没有任何音讯。"他的语气很耐心，但在轻快的调门上加了一丝惊讶。"你说这怎么可能呢？"

"我一直很忙。"凯伦把电话夹在肩膀和下巴之间，拿起报纸，翻到本地新闻栏。"丹尼尔？《一场入室抢劫，三人遭到枪杀》。昨天夜里，在刮暴风雪的时候。底特律警方认为其中一名劫匪就是我前两天去打听过的那个人，莫瑞斯·'史努比'米勒。受害者经营毒品作坊，莫瑞斯和他们有过生意往来。"

"史努比。"博登说。

"对，他是格兰·迈克尔斯的朋友。他们在隆波克认识，格兰告诉缉毒局说他去年十一月去底特律的时候和莫瑞斯待在一起。"

"凯伦，你没有回答我的问题。你为什么没去见我们的人？"

"我没任何消息可以告诉他们。我两手空空走进去，说我想帮忙？他们会说哦，好，去给我们煮咖啡。"

"我打过招呼了，说你要来拜访。"

"嗯，他们怎么回答？"

"他们在密歇根州有两百来号探员，加上法警在当地的那帮人，他们觉得帮手绰绰有余。"

"明白了吧？我想等我掌握了一些消息再去找他们，就像买路钱，我知道我离找到格兰已经很近了。说到这个，今晚我要去看拳赛，我有充足的理由相信他会去。"

"'有充足的理由相信'，似乎是说你认为他肯定会去。我想说的很简单，凯伦，假如你看见了格兰，我要求你立刻打电话请求支援。要是没看见他，你就回佛罗里达，我们会找点其他事情给你做。你占了我的便宜，妹子，在我最虚弱的时刻逮住了我。"

"超级碗结果如何？"

"按我记录的比分，你出现前一切都很好。"

"我从我老爸手上赢了一双新鞋。"

"弗利呢？有他的消息吗？"

"我在找格兰，格兰是关键人物。"

"凯伦，你要是搞砸了，我会被送去阿拉斯加的白牙镇当常驻探员……"

"我陪你去。"凯伦说。

"你那三两肉的小屁股肯定得去。"

凯伦说："那好……"

她应该说："你就希望我搞砸，对不对？"但她并不认为自己搞砸了，因为她不觉得和弗利厮混有损职业操守。一来是这个，二来严格地说，她没有协助或唆使犯罪，只是违反了行为准则，因此她可以心安理得，毫无负罪感。她要是年轻个十几岁，也许会去忏悔，说："宽恕我，神父，因为我有罪。我在伯丁百货偷了一支口红，我让男生摸了我的胸部，但我们没有做其他的事情。"假如她感觉有必要再告解些什么，她或许会说她向母亲保证过再也不抽烟，但还是又抽过几支。神父会让她念十遍我们的圣父，十遍万福玛利亚，然后宣布宽恕她。她会因为她的罪过感到抱歉，而内心的负罪感无论多少都会消失。从那以后，这十五六年的时间里，凯伦都没去告解过，因为她很少因为任何事情产生负罪感。假如内心有疑惑，她会去找父亲谈谈，或者想象和父亲讨论——对凯伦来说，两者实际上差不多。

凯伦：我和弗利在一起待了七个多小时。

老爸：什么也别告诉我。

凯伦：别担心。我们叫了暂停，你能理解吗？

老爸：听你这么说，可以。

凯伦：并没有限定时间期限。

老爸：但现在暂停结束，你又回到场上了。

凯伦：大概是吧。

老爸：你这么勉强可不行。你必须接受事实。

凯伦：好的。

老爸：你有什么选择？

凯伦：如果我找到他？逮捕他。

老爸：还有呢？要是他企图逃跑？要是他举枪对着你？

凯伦：他没有枪。

老爸：你到底想不想好好谈？

凯伦：对不起。

老爸：假如他拒捕，企图逃跑，把你逼到某个境地，按你受过的训练，你只能使用武器？你能做到吗？

凯伦：恐怕不行。

老爸：假如他邀请你和他亡命天涯呢？

凯伦：我不会去的。我已经告诉过他了。

老爸：你会放走他吗？

凯伦：不会。

老爸：那么你就只能对他开枪了，是不是?

凯伦：不知道。

老爸：假如被逼无奈，他会对你开枪吗?

凯伦：不知道。

老爸：他说过他绝对不会回去。

凯伦：对。

老爸：那么如果你一定要对他开枪，你到底有什么选择呢?

凯伦：意思是要给他一个痛快?

老爸：你为什么加入法警局?

凯伦：为了不开枪打人。

老爸：对，但你必须接受你有可能需要开枪打人的事实。你能做到吗?

　　下午凯伦没有出门，留在房间里看电视，这部电影她至少看过两遍，《追讨者》，因为里面有哈利·迪恩·斯坦顿，而他让凯伦想起弗利。不是因为相貌——两人毫无相似之处——而是举止：两个人似乎都厌倦了自己的身份，但又不知道还能怎么办。被卡在那儿动弹不得，只能默默忍受生活，就像有些人半点也不关心他们的工作，但说到底也没有其他地方可以去。她心想不知道弗利有没有过生活目标，他理解的生活除了躺在家里看电视之外还有没有别的。

巴迪说他要出去，看附近有没有妓女，也许找一个带回房间。弗利想象一个可怜的姑娘站在雪地里，穿着白色皮靴，光着大腿，披着破旧的毛皮夹克，瑟瑟发抖，汽车经过时溅起的烂泥落在她身上。但现实生活中她存不存在就很难说了。他祝巴迪好运气，乱按遥控器上的按钮，直到在电视上找到一部电影。《追讨者》，好电影，他看过两三遍。哈利·迪恩·斯坦顿老兄还是那么倒霉。不过相当好玩。就是这一段，他们打开后备箱，你看见奇异的亮光。有点像《死吻》里上锁的手提箱里的亮光，《低俗小说》里也有这个桥段。电影里的神秘亮光——某种放射性物质，但完全不解释它为什么存在。不过就算解释了，弗利也没领悟到。他喜欢这种电影。看完以后，没事的时候可以久久回味，努力想清楚这部电影到底想表达什么。

第二十二章

莫瑞斯会从桌边起身，沿着舞台边缘走动，对一名拳手大喊大叫道："动起来，刺拳，动起来，刺拳。"他完全不像个观众，非常惹人讨厌，格兰希望他能闭上那张鸟嘴。莫瑞斯回到桌边，肯尼斯就站起来，去舞台侧面那些大块头黑人扎堆的地方。局间休息的时候，肯尼斯和他们扎堆聊天，他嗑了安非他命，一个人说完了所有的话。格兰从没在一个地方见过这么多大块头黑人——橄榄球或棒球场上除外。除了他和白小子鲍勃，整个剧院只有五六个白种人。女招待送上一轮酒，白小子三四口就喝完一杯啤酒，然后一记刺拳打在格兰肩膀上，叫他别磨蹭，一口气全喝完。"你喝酒像娘们儿！"白小子边说边左右寻找附近有没有其他白痴觉得他很风趣。附近几张台子，黑种男人和身边的女人瞪着他们，愿意忍受他只是卖莫瑞斯一个面子而已。

电影院座位撤掉了，换成几排夜总会圆桌：从舞台到吧台一共是依次升高的四个梯级，每个梯级上摆着一排圆桌，远离拳台灯光的长吧台在最顶上的暗处。人们在吧台两头的开放空间扎堆儿。吧台后是一条横贯剧院左右的通道，两头各有一段楼梯，下去后是卫生间。这片区域之外是大堂，一侧有个小吧台。

主办方喊出科朗克什么拳击俱乐部什么拳手的名字，扬声器里响起震耳欲聋的饶舌乐，拳击教练和马屁精从侧面通道墙上的一扇门里鱼贯而出。女人从观众席上向前冲，扭着屁股使劲挥手。拳手终于出现，登上舞台，爬进红色和金色的绳圈，为了两百块打四场比赛。拳手在绳圈内属于他的一侧嗖嗖打出几个刺拳，摆动肩膀，左右滑步，高帮红鞋上的金色缨穗随之跳动。拳台的另一侧是个外地来的白种年轻人——也可能是个墨西哥小子，他尽量装出一脸酷样，不为所动，晃动身体，踩着脚下纯黑色的鞋子练习步法，免得无事可做。等待饶舌乐结束，打着领结、戴着橡胶手套的裁判打了个手势，让他们走到绳圈中央。

从他们来到这儿的第一秒钟开始，格兰就在拼命想办法从白小子那儿搞到车钥匙。他听着白小子和肯尼斯谈论昨晚，彼此咧嘴坏笑，说明天，哥们儿，明天就是发薪日了。格兰听着两个白痴聊天，看着莫瑞斯在酒桌之间蹿来蹿去，和朋友们玩兄弟式的握手，繁复的碰拳套路。机灵鬼莫瑞斯，头上扣着一顶恰到好处的黑色毡帽，戴着墨镜。"必须低调，"莫瑞斯对他说，"不能扎头巾。看拳赛，我低调得很。"

他们乘林肯城市轿车来，白小子开车，因此车钥匙在白小子那儿。

格兰下楼去了一趟男厕所，两个白痴谁也没有跟上来盯着他。因此他很确定他能悄悄溜掉，穿过伍德沃德大道去停车的地方，如果他有车钥匙，妈的，他就一脚把油门踩到底，飞奔加利福尼亚。他在西棕榈滩的一个停车场偷了这辆车：停在最前排，开上就能走，停车小弟忙着指挥交通。格兰溜进他的小房间，从挂板上摘下林肯的钥匙：他很熟悉车钥匙——然后等待一个合适的时刻，钻进驾驶座，发动离开。那天他带着全套工具，不确定他会用什么方法偷车，工具这会儿就在林肯的后备箱里。车在马路对面等着他去开，但车钥匙却在白小子的口袋里。

上车不是问题，因为车门没锁。他们来的时候，白小子不知道按哪个按钮能锁上车门，于是格兰说"交给我吧"，他站在车外，驾驶座的车门开着。白小子让开，格兰探身进去，假装按下了锁门按钮，看见三个人已经过街走向剧院，因此他只是随手关上了车门。他祈祷如果不锁车门，那么后备箱也不会上锁，这样他上车后撬一下开关就能打开后备箱了。取出工具，用羊角锤撬开点火开关，他就自由了！钥匙就留给白小子吧。但如果后备箱上了锁，那他就完蛋了。他只能找东西撬开后备箱。但如果花的时间太长，哪怕他能撬开后备箱，莫瑞斯也会派两个白痴来找他。

后备箱绝对不能上锁。他想逃离这帮人，那是他唯一的机会。

他要等……不，还是现在就溜吧。钟声响起，一局结束，莫瑞斯起身走向舞台。

格兰等了几秒钟，说："朋友，啤酒真是上面进去底下出来。我得去撒尿。"他踌躇片刻，他以为白小子或肯尼斯会好奇地打量他，甚至其中一个会说他也要去。

但白小子只是说："你为啥要告诉我们？难道等我帮你？"

格兰高兴地哈哈大笑。他转身走开，白小子说："喂，格兰，好好甩干净。"

格兰已经背对白小子了，他不必大笑，甚至连微笑都不需要。他要以光速逃跑，远离这两个白痴。就算没法撬开后备箱发动汽车，妈的，他跑也要跑去加利福尼亚。

两个穿红金拼色科朗克夹克衫的年轻人在大堂担任保安。凯伦走进剧院，身穿海军蓝的羊绒大衣和牛仔裤，戴一顶海军蓝的羊毛女帽，脚下是一双登山靴。两个保安微笑着

250

向她问好，她说很好。他们要看她的包里有什么。她出示证件和警徽，说："你们知道这个就够了。"

他们说好好好，似乎很高兴见到她，笑嘻嘻地上下打量身穿长大衣的她。她穿过灯火通明的大堂，走进光线昏暗的剧场。她站在吧台旁，扫视底下逐级降低的几排酒桌和舞台。绳圈内没有人，她在寻找白人，某处的扬声器里传来饶舌乐，几个女人从桌边起身，随着音乐摇摆身体。凯伦看见侧面有一对白人男女，底下第一排还有两个白种男人。酒保问她要什么，凯伦说："稍等一下。"桌边两个白种男人里个头比较小的一个站起身，坐着的那个在大笑。个头比较小的一个转过身，没有在笑——是格兰。他穿过酒桌朝她的方向走来。凯伦转过身，看着等她点单的酒保。她说："现在不要。"他稍稍侧头，看见格兰在吧台顶端停下脚步，扭头望向酒桌，等了几秒钟，然后继续向前走，离开了她的视野。他去男厕所了——凯伦非常确定——只穿一件套头衫，没穿大衣。她绕过吧台，吃惊地发现他正大步流星地穿过大堂向外走。他不可能发现她，因此肯定有其他什么原因。她等格兰出门，然后跟了上去。经过两个保安的时候说："我忘拿东西了。"走出大门，她看见格兰跑过堆满肮脏积雪的宽阔马路，经过慢慢前行的一盏盏车头灯，冲进停车场，消失在一排面向马路停放的车辆之间。凯伦跟过去，走进停车场，但不见格兰的踪影。她戴上手套，在车辆之间穿梭，停下脚步倾听，等待听见引擎发动，但只听见了从街上传来的声音。她走进两排车辆之间的一条通道，正前方有辆车点亮了车内灯。她瞥见一眼车厢的样子，灯光随即熄灭，她听见车门砰地关上。

凯伦走到那辆车的前排乘客一侧，在黑暗中看见了格兰的人影：他侧身半躺在驾驶座上，头发耷拉下来，他似乎正在拼命拽开手套箱。凯伦打开车门，他猛地抬起头，车内灯点亮。凯伦看见了格兰的眼白，两只眼睛瞪得有碟子大，直勾勾地看着她。她坐进车里，格兰连忙坐直。她关上车门，车里又陷入黑暗。

"格兰，你莫非是想偷这辆车？"

"天哪，我真是不敢相信。"格兰吓了一跳。

可怜。她几乎要怜悯他了。

"我正在毁灭你的生活，"凯伦说，"对吗？"

他举起空着的双手。"我没有车钥匙。"

"我注意到了。"

"我是说我没有在他妈的偷车。"

"没有？"

"我已经偷了。上周还是什么时候，在西棕榈滩。我不可能再偷一次，对吧？我都没法从后备箱里取出我的工具。"

"看看我理解的得对不对，"凯伦说，"你想溜掉，从这帮人身边逃跑。对吧？"

"你在里面看见我了？"

"但车钥匙在他们中的某个人身上。"

"对，"他使劲点头，又说，"你看，我非常想撒尿。"

"和你在一起的那两个人——那个黑人不是莫瑞斯·米勒吧？我见过史努比的大头照，一点也不像那家伙。"

"你怎么会知道他？"

可怜的家伙，大惑不解，而且很绝望，眼睛盯着剧院。凯伦也朝那个方向望去。视线越过车顶，他们只能看见门上的招牌和亮着灯的一个"州"字。凯伦说："又是那种日子，对吧，干什么都不顺？格兰，我知道你的人生经历，知道你都有哪些朋友，知道你去过哪儿，现在在哪儿，连你以后要去哪儿都知道。"

"你要因为偷车逮捕我？"

"因为偷车，因为协助越狱，因为参与蓄意犯罪——就是你来这儿要做的事情。告诉我，格兰，现在你参与入室抢劫吗？"

"天哪！"他拼命摇头。

"比方说昨晚的那次，"凯伦说，"你在场，对不对？"

"我他妈一个字都不说了，说到做到。天哪，我都不知道你到底在说什么。"

"把你的手放在方向盘上。"

"为什么？"

"让我给你戴手铐。"

"你是认真的？听我说，里面那帮人，他们随时都会出来找我。他们是他妈的禽兽，毫无人性。我不开玩笑。我要逃跑，我只有这一个念头，离他们越远越好。"

"他们吓住你了？"

"他们吓得我屁滚尿流，我不怕承认这一点。"

"弗利和你在一起吗？"

"什么时候？"

"昨晚。你们抢毒品作坊是什么时候来着？"

"我说我一个字都不说了。我没有参与他们的任何活动，也没有帮助弗利越狱。你自己说过的。"

"嗯，对，那个是我弄错了。你认为弗利这会儿在什么地方？"

"我怎么知道？"

"你想说你没见过他？"

"我想说我要撒尿。真的，非常急。"

"你们抢毒品作坊是几点钟？"

"我不知道你到底在说什么。"

"格兰，告诉我，这帮人打算干什么，我帮你争取宽大处理。"

"比方说？"

"允许你去撒尿。"

"好个宽大处理。"

"随便你去哪儿尿。"

他犹豫起来。"你说真的？"

"随便哪儿，"凯伦说，"他们是几点钟抢毒品作坊的？"

他又犹豫片刻。"傍晚吧。我说不准，七点左右。"

凯伦从包里取出一支烟，用旅馆的纸板火柴点上。她深吸一口，慢慢吐出烟气。七点，还有接下来的至少两个小时，弗利都和她在威斯汀饭店。

"我能去撒尿了吗？求求你！"

凯伦的解决方法：她让他靠着车边撒尿，摇下车窗，听他解释理查德·里普利这个华尔街的骗子是怎么一回事，他们明天下午打算在哪儿抓他，然后如何带他出城去布卢姆菲尔德山他的住处。凯伦边听边点头。她听说过里普利这个人，知道他在隆波克服过刑。她想知道他的确切住址，然后问："弗利呢？"

"他应该会和他们一起去，"格兰缩起肩膀探进车窗，

"但谁知道呢？他今晚没露面。"

"你知道他住哪儿？"

"不清楚。"

"你们明天在哪儿碰头？"

"我说，我在外面快他妈冻死了。"

"在哪儿碰头？"

"他们还没决定。"他直起腰，望向剧院，然后弯腰又探身进车窗。"你的车里有能撬开后备箱的东西吗？比方说撬棒？"

"你认为弗利退缩了？"

"我不知道，他不完全信任我。"格兰又直起腰，抱住自己。"我要冻死了。"

"你想离开？"凯伦说，"那就跑吧，会暖和起来的。但听我说，格兰！"

"什么？"

"如果你对我撒谎……"

"我知道，你会找到我的。天哪，我相信。我一直在想，如果去年夏天不是你送我去联邦法院……"

"我们就不会总是撞上了？"

"你甚至不会知道我是谁。"

"如果我不认识你，格兰，明天你不是进监狱就是已经死了。你应该这么想。"

　　弗利和巴迪到剧院的时候，人们正在纷纷离开。他们找到那张桌子，白小子和一个黑人坐在那儿。莫瑞斯从舞台走回来。"你们去哪儿了？"莫瑞斯丽语气不太友善。"你们错过了重要角色，这会儿来只能看散场比赛了。唉，妈的，你们还是拉开椅子坐下吧。"他对黑人说："肯尼斯，这位是杰克·弗利先生，这位是巴迪先生，著名的银行劫匪和前科犯，他们想帮咱们一把。"

　　一把椅子的靠背上挂着一件雨衣，弗利抬手按住雨衣。"谁坐在这儿？"

　　"你的好朋友格兰，"莫瑞斯说，"可是有个问题，他大概一小时前去了男厕所，然后就再也没回来。"

　　弗利对巴迪使个眼色。

　　"我看他肯定掉进去了。"白小子说罢咧嘴一笑。

　　"我派他们去找他，"莫瑞斯说，"他们回来只是摇头。"

　　"格兰有车吗？"

　　"他从佛罗里达开了一辆来。我们今晚就是坐那辆车来的。"

　　"唔，他没穿外套，"弗利说，"又出去了一个钟头……"

"喂，我知道你想说什么。格兰不想让别人知道他要溜走。朋友，我看出来了。我派白小子出去看车还在不在，看看他会不会在车里。钥匙在白小子身上，但咱们都清楚格兰有啥爱好，所以我觉得还是看一看比较好。明白吗？车还在原处，哪儿都找不到格兰。"

弗利说："每个人都有去处，史努比。格兰住在哪儿？"

"我家。"莫瑞斯扭头望着拳台，看了几秒钟，扯开嗓门大喊，"雷吉，推开他，进攻，哥们儿。推开他。"他又扭头看着弗利。"你和巴迪坐一会儿，陪我喝杯酒吧。你们要什么？"

"我们要走了。"弗利说。

"你他妈的什么意思？"

"史努比，既然你不知道格兰去了哪儿……"

"他改主意了，就这么简单，所以就溜了。他觉得他承受不了那份煎熬。"

"格兰嘛，娘娘腔，"白小子说，"昨晚他啥也没干，从头到尾只是看着。"

巴迪说："昨晚是哪儿？"

一个女招待刚好走过来，问他们要喝什么。弗利摇摇头，巴迪也摇摇头。女招待把铁皮小烟灰缸里的垃圾倒在一张餐巾纸上，拿起来离开。白小子说："你看过报纸吗？看了就知道。"

莫瑞斯说："白小子，那是另一码事。明白了？和咱们今天要谈的毫无关系。"

"他总盯着我看。"白小子朝巴迪点点头。

"我忍不住，"巴迪说，"我听史努比叫你白小子，一直在想你为啥允许他那么叫你。"

"从我在科朗克训练那会儿，大家就都这么叫我。"

"你打过拳？"

"在这儿打过，在宫殿球场也打过。"

"水平如何？"

"想试试手？"

巴迪问："你蹲过监狱吗？"

"你问你挖不挖眼睛，"莫瑞斯说，"咬不咬耳朵。白小子有他自己的一套。废话说够了。过来！"莫瑞斯抓住弗利的胳膊，拉着他走开几步，背对酒桌站住。"格兰有什么好担心的？他知道什么？"

"好像全都知道。"弗利边说边看着两名拳手出刺拳，绕来绕去，其中一个很有耐心，另一个胡乱挥拳，全都打空。

"格兰只知道我们明天打算做的所有事情，"莫瑞斯说，"看那家伙出俱乐部，上去抓住他，开车带他回家。格兰愿意告诉谁都可以，随便他，但那有什么用呢？明白吗？我已经改变了计划。格兰不知道，因为我们等你的时候他走了。到底为什么只有天晓得。明天的计划取消了。"

弗利看着拳台，说："这一场打不了四个回合。"

莫瑞斯也望过去。"两个都打不到。"

"你的意思不会是要放水吧。"

"明知道输赢结果，有什么好放水的？比赛就是这么安排的，如何配对，让哪个外地佬打本地小子。明白吗？"

弗利还是盯着拳台。"如果不是明天，那改在什么时候？"

"今晚，"莫瑞斯说，"咱们出去就动手。回家取点必要工具，然后直接出发。"

弗利说："稍等一下。"他转身面对酒桌，朝巴迪打个手势。他听见莫瑞斯在背后说："给你两分钟，就这么多。自己决定吧。"

弗利转回去，走到他面前说："我不需要问你行不行。巴迪和我要去吧台，愿意商量多久就多久。我们也许会一路走出去。如果回来，那么前提是咱们五五分账，我俩占一半。你怎么分你那一半随你便。"

"咱们可以商量嘛。"莫瑞斯说。

"不，史努比，我说怎样就是怎样。"

弗利转身走开，巴迪跟着他到吧台前，这里远离拳台的灯光，黑洞洞的。

"他想今晚动手。"

"今晚还是明天，有什么区别？"

"格兰。他说不定会给咱们下套。"

"格兰永远是个风险，"巴迪说，"但我们都走到这一步了。"

第二十三章

凯伦告诉老爸说她睡不着。他说："是吗？我却睡得很好，直到电话铃响。新闻里没有我女儿的消息，所以我就开始打瞌睡了。结果现在一看，连莱特曼秀都睡过去了。情况怎么样？"

她说她怎么找到格兰·迈克尔斯，说服他交代犯罪计划。老爸说："你给他的条件倒是不错。你放他走了吗？"

"我送格兰去了第一分局，告他在佛罗里达偷车，"凯伦说，"不得不向一个警督还是警司解释我来底特律干什么。他看着我，心想——谁知道想什么，不过多半在想他应该接手。明白我的意思吗？他不但从没见过我，我是个朝他亮出法警徽章的小姑娘，而且一名联邦探员还想向一位街头警察描述一起有预谋的入室抢劫。他先问了问我的背景。我只有一辆被盗车辆，无法控告另外那几个人。最后我想想算了，打电话给雷蒙德·克鲁斯。"

"前两天你见过的那个人？"

"对，从头到尾跟他说了一遍。我担心执法权限的问题。这帮家伙要入侵的住宅位于布卢姆菲尔德山，在奥克兰郡境内，我要不要联系那里的警察，当地郡局之类的？我觉得这里没有联邦的事情，所以没必要打给联邦调查局。对吧？"

"听上去符合逻辑。"

"我说过雷蒙德是督察长，他负责人身侵害、财产侵害和性犯罪。"

"我记得。"

"他还领导暴力犯罪打击小组，和附近所有地方警局、郡局和调查局都有联系。调查局要是有份，缉毒局也会出面，因为他们的所有入室抢劫都是闯毒品作坊，目标是现金和枪支。简单明了，进去出来。"

"但这一次不同。"老爸说。

"就我们所知和能够推测的，对。这个叫里普利的住在布卢姆菲尔德山，他家不太可能是毒品作坊，虽说他蹲过监狱。你记得里普利吗？"

"掠夺者迪克，内幕交易者。对，我认为他属于那种会在家里藏匿大量现金的人。"

"总而言之，雷蒙德说无论他家在什么地方，这一类犯罪都在打击小组的管辖权限之内，调查局需要参与，因为计划里有绑架的部分。"

"什么绑架？"

"他们打算明天趁里普利走出底特律运动俱乐部的时候绑架他——这个俱乐部在市区，离我的酒店不远。其中一人上他的车，剩下几个开车跟着。这就是绑架。"

"警察会通知里普利吗？告诉他会发生什么？"

"雷蒙德说不通知，否则会打乱他们的监控。他是这么说的：你必须权衡判断。最理想的情况是让他们抓住里普利，看着抢劫完成，然后在他们走出里普利家的时候拿下所有人。但如果有理由相信里普利的生命受到威胁，就必须在此之前行动了。我说他们似乎昨晚还抢过一家人，害了三条命。他说那就必须在他们到里普利家、带里普利进去之前拿下他们了。"

"为什么不在里普利被绑架后，"老爸说，"立刻为此逮捕他们呢？"

"对，州法院或联邦法院都可以起诉。但这就又牵涉到权衡判断了。如果这帮人非常危险，不能让他们中的一个和里普利一起上车，那么我们就没有绑架案了。案子只剩下几个疑似持有武器的人坐在一辆疑似失窃车辆里。但就算要告非法持枪，判他们两年徒刑，也必须在他们犯下联邦重罪的过程中逮捕他们。那么，要不要坐视他们绑架里普利？"

老爸说："要是里普利出于某些原因，明天没有去俱乐部呢？或者这帮人决定直接闯进他家？"

"明天早晨他们会勘察里普利家和附近区域，设置监控点，准备应对计划改变。"

"你呢？"

"雷蒙德说明天我可以和他坐一辆车。到现场看看。"

"但待在后面？"

"为什么说这个？"

"他们给奥洛夫森戴上手铐的时候，你希望他看见你？"

"你真会开玩笑。"

"我说的是弗利。我把他和斯德哥尔摩的那家伙搞混了。"

"弗利不一定会参与。"

"那是你的希望。"

"不，格兰说弗利今晚没有去打拳的地方开碰头会。"

"那几个人怎么样？"

"我没多逗留。我回去看了一眼史努比·米勒，方便以后认人，然后就走了。"

"但弗利明天还是有可能出现。"

"谁知道呢，"凯伦说，"也许吧。"

"但你不是非得出现。"

"是啊，"凯伦停顿片刻，"换了你呢？"

"我才懒得看他被捕呢。我见过他在报纸上的照片了，恐怕没什么感觉。"

"对，但现实中他不是那样的。那是很久以前的大头照。"

"唔，他梳洗整齐，穿上一身好衣裳，"老爸说，"难道就能改变他是个窝囊废的事实了？他这个人就没有浪费一辈子的好时光了？对，我会去的。我会亲自给他戴上手铐。我一定会在他上警车的时候让他用脑袋撞车顶。"

"非常感谢。"

"是你问我的。"

莫塞尔在楼上的窗口看着他们。她看见林肯城市轿车拐上车道，向前多开了一段，给另一辆车留出空间——似乎是辆奥兹轿车。她看见莫瑞斯和白小子走出林肯车，两个像是警察的白人走出奥兹车。肯尼斯在哪儿？那个格兰在哪儿？

莫瑞斯上楼打开卧室大灯，好像莫塞尔根本不存在似的。他从藏枪的双人床底下拖出手提箱，看也不看莫塞尔，说道："穿深色大衣的那个是越狱犯，警察悬赏一万捉拿他。不知道做不做得到，但我一直在琢磨怎么拿这笔钱。"

"我弟弟呢？"

"给我们找车去了。"

"格兰呢？"

"他不想去了。"

"尸体藏好了吗？"

"看你这话说的。"莫瑞斯从手提箱里取出武器放在床上，几把手枪和一盒九毫米空尖弹，莫塞尔看着他。莫瑞斯说："格兰觉得他不想掺和这件事，于是就走了。"

"你能放他走？"

莫瑞斯把手提箱塞回床底下，站起身，说："你再这么跟我说话，嘴巴上就要挨几下了。穿深色大衣的那个，脑袋上挂着一大笔悬赏，可说起话来还是像放风场上的囚犯。明白我什么意思吗？就好像他这个人你招惹不起。呵呵，好，我跟杰克·弗利胡扯了一通。我想要你打电话报警。你说你去看拳赛，听见他和同伴聊天，他们似乎打算去抢某个人的家。"

"我怎么会听见这个？"

"你反正听见了，怎么听见的不重要。你说你读报看见佛罗里达有个囚犯越狱，你觉得就是这家伙，你要领取赏钱。"

"警察该去哪儿抓他？"

"去他抢的那户人家呗。"

"结果是一具尸体，"莫塞尔说，"死于枪杀。"

"似乎确实会是这样。"

"那他的朋友呢？"

"一样。"

"谁杀了他们？"

"谁知道。也许是他们企图抢的那户人家的主人。或者是管家。对，很可能就是管家。"

"他们也死了？"

"就当是杰克·弗利对他们开枪，他们同时对他和他的朋友——巴迪先生——开枪。差不多就是这样。等我回来，告诉你究竟发生了什么。"

"要领赏钱，"莫塞尔说，"我就必须说出我是谁。我要是说了，等于也把你的名字供了出去。这一点你知道吗？"

"你喜欢买日用百货，喜欢抽大麻抽得全身失去知觉，但你不喜欢为了这些付出劳力。"莫瑞斯走到窗口向外看。"我好像听见声音了。对，肯尼斯来了。哈，他搞了辆水暖工程卡车，看起来我们要去响应报修电话了。这位老兄家的锅炉怎么都点不着。"

莫塞尔看着他回到床边，拿起两把枪。

她说："家里有三个白人。我去收你说的这笔赏钱，家里的白人会多得你这辈子都没见过。"

莫瑞斯转向她，拿着一支短管点三八史密斯维森和一支贝雷塔九毫米。他说："这是给杰克·弗利的。"他把贝雷塔递给她。"这是给他的好朋友巴迪先生的。我换身衣服，你去交给他们。能帮我这个忙吗？"

"我才不打电话给警察呢。"莫塞尔说。

"等我回来，咱们好好讨论一下。"

"你随便揍我好了，我不在乎，但我绝对不打这个电话。"

"亲爱的，"莫瑞斯说，"挨揍算得了什么呢？"

莫塞尔的双手插在绿色丝绸睡袍的口袋里，一只手握着凯伦·西斯科给她的名片，上面写着旅馆的电话号码。

肯尼斯走进来，只当没看见客厅里的几个人，白小子起身跟着他穿过门厅，去了屋子后侧的什么地方，也许是厨房。紧接着一个女人出现，递给他们一人一支枪，然后转身就走。弗利说："怎么就没人愿意坐下陪咱们聊天呢？"

巴迪检查完点三八，从沙发上起身，把枪别在腰上，低头看弗利拿着贝雷塔。

"知道怎么玩吗？"

"应该吧，我在好多电影里见过别人用。"

巴迪拿过弗利手里的贝雷塔，检查弹仓，扯动滑套上膛，然后还给弗利。

"能装十五发子弹。现在有十四发。"

"你觉得够用吗？"

巴迪重新坐下。"这帮人是疯的。"

弗利点点头。"我注意到了。"

"他们会想办法给咱俩下套。"

"这个我相信。"

"把咱俩的尸体留在现场。你看壁炉里那些狗屎东西。"

"我看见了。"

莫瑞斯走进客厅，穿着似乎是定制的白色连体服，里面的白色套头衫露出脖子部分。弗利说："如今入室抢劫都穿这个？"

"抢完就走，就这么简单，"莫瑞斯说，"不浪费任何时间。把枪插进那家伙嘴里，只给他数三声。东西在哪儿？"

巴迪说："他嘴里塞着枪，怎么告诉你？"

"那是他的问题，"莫瑞斯说，"喝一杯吗？不着急。咱们要在这儿等一两个小时呢。"他看一眼手表。"已经十二点半了。咱们要等大家都舒舒服服睡下了，这样闯进去的时候，他们一个个还睡眼惺忪。明白我什么意思吧？"

弗利说："你不担心格兰？"

"如果他出卖了我们，"莫瑞斯说，"警察这会儿已经来了。"

"也可能在那家伙的住处等着。"

"别担心，我们会知道的。进去前在周围先仔细看一圈。"

巴迪说："也许他死了。"

莫瑞斯说："对，被车撞死了。或者踩在冰上，一跤摔破了脑袋。格兰自己跑了，我知道的反正就这么多。"

巴迪说："好吧，我们要去再弄辆车。那辆奥兹还挺干净。"

"不需要，"莫瑞斯说，"咱们都上肯尼斯搞来的卡车。他打电话报修，说屋里一点热气都没有。咱们回来，你的车就在这儿等着。"

弗利望一眼巴迪。巴迪耸耸肩。莫瑞斯看着他们俩。

莫瑞斯说："你们抢银行有一套。我做这种案子也有一套。进屋以后，我们立刻上楼。十有八九，值得抢的东西肯定在主卧室里。你们听我指挥，比方说先检查其他房间，看屋里有没有客人，这是因为我懂我的门道。明白吗？不是因为我想使唤你们。我的两个小弟知道要做什么，所以我不需要指挥他们。但我也许得吩咐你们去这儿去那儿。明白吗？还有什么？你们说你们要五五开。唉，虽说我们从开头一直忙活到这一步，但我就认了，免得咱们坐在这儿吵架。咱们手脚要快，进去，出来，结束。你们有什么要问的吗？"

巴迪说："你的小弟去哪儿了？"

"应该在厨房。你还想接着搞白小子？羞辱他，让他怨恨你？为什么啊？消停一会儿吧。那样对大家有什么好处？"

"我只是在想，"巴迪说，"他们是不是去嗑药了。"

"对，哈，肯尼斯嗑了安非他命，让他劲头十足。还喝了些啤酒，没别的了。你们还想知道什么？"

弗利看一眼巴迪。巴迪耸耸肩，弗利对莫瑞斯说："有波旁威士忌吗？"

莫瑞斯微微一笑。

莫塞尔在卧室窗口看着他们钻进侧面有公司名称的大型商用厢式货车，看着货车的红色尾灯沿着马路远去消失。她走到电话边，看着凯伦给她的名片：凯伦·西斯科，美国法警局警员，听上去是号人物，名片很漂亮，有一颗用圆环圈起来的银星。床头柜上的闹钟显示两点二十。他们在楼下聊天喝酒待了快两个小时，莫塞尔一直在等他们离开。她知道她想问问这个凯伦·西斯科，但不知道接下来她能说什么。凯伦肯定有问题要问，莫塞尔也不知道她能怎么回答。她抓住电话听筒，然后又松开，想再多考虑一下。她努力在脑袋里组织好语言——先吸两口大麻。

第二十四章

莫瑞斯家的客厅，半加仑大瓶的伏特加摆在咖啡桌上。弗利感觉自己像是在走向人生终点，他一言不发，看着事情一幕一幕发生。他看着莫瑞斯闪展腾挪，说他在拳台上有多么奸诈；听白小子愚蠢的点评和他烦人的笑声；听肯尼斯说某种充满嘻哈节拍的语言，韵律十足，但几乎完全听不懂。弗利听着反社会分子描述他们的光辉业绩，无法融入社会的白痴拼命粉饰太平。弗利心想，妈的，我的绝大部分人生不就是这个鸟样吗？他听见巴迪平心静气地插嘴，意在讽刺挖苦，却拳拳落空，老狗玩不出新花样，就像你在放风场上听见的独角戏，每个人都懒得听别人在说什么，每个人都忙着琢磨接下来要说什么。我们啊我们，弗利心想，都是铁骨硬汉。

他们在客厅里喝着伏特加，莫瑞斯在动身前把针织滑雪面具发给大家。此刻他们坐进厢式货车的车厢，周围全是塑料管和工具。肯尼斯开飞车，沿着伍德沃德大道向北走，经过绵延几英里的黑暗店面和亮着灯的二手车停车场，积雪堆在路中央，深夜的这个时刻，街道完全属于他们。巴迪两次请肯尼斯放慢车速。肯尼斯对着后视镜狞笑。巴迪掏出点三八，用枪管敲了敲肯尼斯的后脑勺。"等我崩了这孙子，"巴迪对莫瑞斯说，"你准备抓住方向盘。"肯尼斯抬头看后视镜，见到巴迪盯着他。莫瑞斯说："听他的，朋友，开慢点儿。"他们拐上长湖路，到了沃恩路后来回开了两趟，寻找保安公司的车辆或其他监视人员，然后转进理查德·里普利家的环形车道。

　　五个人都在货车的尾部，你挤我挤你，最后莫瑞斯让白小子从后面出去，车门打开一条缝，让他和弗利看着。"他在按门铃了，"莫瑞斯说，"里面的人开门，咱们就进去。白小子会说他是供热公司的，来修熄火的锅炉。他们说没报修，白小子就问能不能借用电话打给老板，因为他肯定听错了地址。他们从窗户向外看，见到货车。对，他说的一定是实话，他是供热公司的人，没问题，再说他是白人。"

　　两人看着白小子再按一次门铃。这次等了不到半分钟，大门左右两边的壁灯就亮了。"准备去滑雪喽！"莫瑞斯拉下面具。门开了，他说："走。"

　　弗利只来得及看见一个年轻男人出现在门口，没系纽扣的衬衫吊在牛仔裤外面，白小子一把推开他，和他一起走进屋子。莫瑞斯跳下厢式货车，肯尼斯拿着霰弹枪手忙脚乱地想跟上。巴迪抓住他的衣领，让弗利先下车，肯尼斯不停地扭动。肯尼斯一落地，就转身端起霰弹枪对准还在车上的巴迪。弗利单手抓住枪管，一把按在肯尼斯的脸上，看见安非他命让这家伙瞳孔扩大。弗利说："快进屋，别找不自在。"肯尼斯凑近弗利，使劲瞪了他一眼，这才转身进去。

巴迪说："咱俩来凑什么热闹啊？"

门厅足有普通人的客厅那么大，莫瑞斯逼着年轻人靠在一张桌子上。年轻人相貌英俊，十七八岁，头发披到肩膀上，肯定是听到门铃响才匆忙穿上裤子和衬衫的。他没穿鞋，光脚踩着大理石地板。他看上去吓坏了，不能怪他，因为他面前是五个拿着枪戴着滑雪面具的男人。弗利看见他摇摇头，尽量表现得自然。

"我向上帝发誓，他不在。"

莫瑞斯说："晚上出去玩了？"

年轻人一脸诧异。"他去佛罗里达了，棕榈滩。"

莫瑞斯犹豫片刻。"什么时候回来？"

弗利说："天哪，有什么区别呢？你难道想等他？"

"里普利先生去南方避寒了，"年轻人说，"从圣诞节到复活节。"

"你又是谁？"莫瑞斯说。

"我是亚历山大。"

莫瑞斯说："小子，我不在乎你叫什么。我想知道你是他的什么人，你在这儿干什么？"

"我是看房子的。"

"你一个人？"

他似乎犹豫了一秒钟，然后才说："对，就我一个人。"

弗利看见了他的表情，朝巴迪使了个眼色。

莫瑞斯说："你是里普利先生的什么人？"

"我不明白你的意思。"

"他为什么雇你看房子？"

"哦，他是我们家的朋友。他和我父亲是多年好友。"

"你老爸也是骗子？"

"不，我不明白你的意思。"

"里普利放值钱东西的保险箱在哪儿？"

"他的保险箱？我完全不知道。"

"咱们上楼。"莫瑞斯朝看房子的亚历山大点点头，示意他带路。

亚历山大说："说起来，我觉得保险箱在楼下的图书室里。"

莫瑞斯推着他走向宽阔的折返楼梯，楼梯通向带栏杆的开放式走廊。

"你刚才还说你完全不知道。"

"我是说我觉得应该在图书室里。"

"很好,我认为你不想让我们上楼。来,带我们去主人的卧室。"上楼的时候,莫瑞斯说,"亚历山大?"年轻人停下,扭头看他。"你敢触发什么警报系统,或者打开室外的所有灯光,你这个看房子的就是死人了。明白吗?"

"明白,先生。"

"这个家里有枪吗?"

"据我所知,没有。"

宽阔的二楼走廊镶着深色橡木墙板,挂着马匹和猎狐的油画,有几把带软垫的椅子,法式大肚柜上摆着台灯。莫瑞斯对弗利说:"好,你和巴迪先生去检查其他房间。特别要看挂画背后的墙壁。看壁橱里衣服后面的墙壁。"

弗利说:"你要检查墙壁?"

"这家伙有保险箱,"莫瑞斯说,"肯定就在楼上的什么地方。"

"不可能是他在佛罗里达的住处吗?"弗利说,"要是事先打个电话,我们可以在动身前去看看他那儿的墙壁。但前提是你研究过他人到底在哪儿。听得懂吗?"

莫瑞斯沉吟片刻。他说:"杰克,别和我瞎搞。明白吗？我这会儿没时间和你搞。"他转身对亚历山大说："他的卧室是哪一间？"

"这一间。"亚历山大说。

"很好，有可能就在这儿。"莫瑞斯听起满怀希望，他把亚历山大朝那扇门推了推。弗利看见亚历山大看着他，一脸担忧，似乎想说什么……弗利看着莫瑞斯和他的两个小弟走进卧室。里面的灯亮了，他听见肯尼斯说："我操，哥们儿，看这个。"

只剩下他们两个人了，弗利卷起滑雪面具。"你戴过这种鬼东西吗？"

"我不滑雪。"巴迪说。

"你信不信楼上还有其他人？"弗利说，"咱们打赌。"

他们打开隔壁房间的门，摸到开关按下去。特大号床上铺着白色丝缎床罩。弗利走向下一个房间，巴迪说："你不想检查墙壁？"

"你说呢？"弗利说，"我最喜欢的就是检查墙壁了。等会儿再来看。我要先看看亚历山大睡觉的房间。"

"他说不定睡在里普利的卧室里。"

"谁知道呢，说不定，"弗利说，"小伙子看上去不错，对吧？拼了命想假装举止自然。"

接下来的两个房间里，床都铺得整整齐齐。

"这家伙一个人住，"巴迪说，"何必弄这么一幢屋子？"

走廊对面的第一间卧室，床罩是被拉开的。"但没有睡过人。"弗利说。

他们走向隔壁房间，门开着，灯黑着。弗利打开灯，看见衣橱和梳妆台上有许多毛绒玩具，各种各样的小动物、鸟儿、爬虫类。床上有人睡过觉，床罩被人掀开从床的一侧垂下地，枕头皱皱巴巴的，一个枕头丢在地上，一双运动鞋……不，两双运动鞋，一把椅子的扶手上挂着两条牛仔裤和一件套头衫。弗利拿起深蓝色的套头衫，看见上面有"密歇根州大学"这几个黄字。他走到床边，凑到枕头前，闻到柔和的粉底香味。他听见巴迪在旁边说："你当警察肯定很厉害。"弗利走到卫生间门口，门上镶着一扇等身落地镜。他试了试门把手，门从里面上了锁。弗利贴着镜面玻璃说："宝贝儿，开门。没事的，我不会伤害你。我保证。"

寂静。

他直起腰，看见镜子里自己的大衣、白衬衫、领带和针织帽——看上去傻乎乎的。他摘掉帽子，塞进大衣口袋。

"小姐，能听见我说话吗？"

里面传来一个女人的声音，她贴着门说："亚历山大在哪儿？"听上去相当镇定。

"他没事。"

"叫他说句话。"

"他不在这儿，但他没事。"

"你要什么？"

"开门，我告诉你。"

他等了一会儿。

"小姐，我可以踹开门。我不想吓唬你，但你知道我做得到。"他又等了一会儿，听见门锁响，扭头去看巴迪，见到巴迪直起腰。弗利转动门把手，推了一下，门向内打开。

一个女人站在淋浴间旁，离门很远，但不是弗利想象中的可爱大学女生。不是，这个女人大概有四十岁，浓密的红发垂在肩上。她块头不小，胸部丰满，隔着半透明的胸罩看得清清楚楚，三角小内裤上方，略略隆起的腹部中央是肚脐眼。看她的模样，要是弗利敢走近，就会吃她一巴掌。

"你不是亚历山大的女朋友吧？"弗利的语气透出怀疑。

"我在这儿工作。我是女仆。"她证实了他的猜想。

巴迪走近她。"这是你的房间？"

她说："难道像是里普利先生的？"

巴迪瞥一眼弗利。

弗利说："你为他做事多久了？"

"你为什么想知道这个？"

"告诉我们保险箱在哪儿，"巴迪说，"我们就放过你。"

弗利说："你和亚历山大可以爱干什么就干什么。你叫什么，宝贝儿？"

"我不是你的宝贝儿。"女人说。

弗利想象不出她温柔时会是什么样，但她说不定就是亚历山大这种年轻人的所有梦想。他说："我看你最好待在这儿。进淋浴间，别发出任何声音。"

她抬起双手叉着腰，像是说谁也别想支使老娘。"你们以为你们是什么东西？"她怒视他们。

"等你见到另外几个，"弗利说，"就会知道我们是好人了。我说真的，躲在淋浴间里，这是为了你好。"

她问："你们对亚历山大做了些什么？他在哪儿？"

他们听见肯尼斯的声音。

"那是谁？"

他们还没反应过来，肯尼斯已经进了房间，拿着霰弹枪走到卫生间门口，滑雪面具上的眼睛闪闪发亮。见到身穿内衣的红发女人，那双眼睛更是大放光彩。

"哇噢，"肯尼斯说，"咱们有得玩了。"

第二十五章

电话铃响了，凯伦躺在床上，正盯着黑暗中的发光数字，3：45。她很确定是弗利打来的。她用胳膊肘撑起身体，伸手去拿听筒，这一刻脑子里没有其他名字。她说哈啰，听见一个女人的声音，不禁非常失望。女人说："对不起，我吵醒你了吧？"

"没事，"凯伦说，"我本来就醒着。"

"我打电话是因为有个问题。"

是莫塞尔。

"问吧。"

"假如我知道一件事情即将发生，比方说某人要做某个活儿，但我没有告诉警方，那么我会因为知情被起诉吗？"

"这件事会在什么时候发生？"

"你看，我还知道一个人被杀了，但我什么也没告诉警察！"

"你告诉了我。你说一个人被崩了。"

"就是那个人。他们说如果我告诉别人，那我就也死定了。所以我没有说。你看，这次有人对我说了同样的话。但这次我有可能也会被卷进去，所以我不希望它发生。"

"威胁你的是谁？莫瑞斯？"一阵沉默。"假如你隐瞒有关犯罪的事实，对，你就是协助犯罪的共犯。你不需要在场亲自犯罪。这件事会在什么时候发生，明天？"

"比明天早。好吧，我已经告诉你了，所以你知道我和事情没关系。"

"但到底是什么时候呢？"凯伦等了一会儿。"莫瑞斯在家吗？"

"他走了。"

"你一个人？"

"我想说的就这么多了。"

"莫塞尔，我尽快赶到。你别离开，等我好吗？"

莫塞尔已经挂断了电话。

凯伦打到雷蒙德·克鲁斯家里，叫醒他，盯着数字钟谈了一分钟多一点。他说等她换好衣服，一辆警车和盗抢组的一名弟兄就已经到酒店门口了。

肯尼斯走向卫生间里的红发女人，说："婆娘，你叫什么名字？"她不肯说，一个字都不说，直到他用一根手指勾住她的内裤，拉开松紧带向内看。

"死变态，滚出去。"红发女仆拍开他的手。

肯尼斯对她笑嘻嘻地说："得让莫瑞斯也看一眼。"他抓住她的胳膊，拖着她走出卫生间，好像弗利和巴迪根本不存在。

"他会强暴她的。"巴迪说。

弗利一言不发。他们跟在后面，沿着走廊来到主卧室。肯尼斯只回头瞥了他们一眼，似乎对他们毫不在意。他拖着女仆走进里普利的卧室：前半间像个客厅，有几把舒服的软椅和一张沙发，全都是白色——这个房间不是白色就是黑色。此外，还有个调酒台，有大电视和CD机。经过一道拱门，后半间是一张特大号的床。莫瑞斯已经脱掉连体服，他取出壁橱里的西装和运动大衣一件一件打量，有些扔在地上，有些放在一把椅子上。

亚历山大和白小子在前半间的客厅。肯尼斯拖着女仆进门，亚历山大叫出她的名字："米琪！"他扑向肯尼斯，叫肯尼斯放开她。弗利走到门口，恰好看见白小子勒住亚历山大的脖子，用指节钻他的头皮，直到他痛得惨叫，然后随手把他推倒在沙发上。

弗利看着女仆松开肯尼斯的手腕，一巴掌扇在他脸上。肯尼斯半转过身，转回来时握住拳头，一记左勾拳重重地落在她脸上。

她摔出去撞上沙发，脑袋从靠垫上弹回来。弗利看着这一幕，亚历山大立刻蹭过去，撩开她脸上的头发，抓住她的手。女人抬起头看着肯尼斯，震惊得说不出话来。

"你们要是看够了，"莫瑞斯说，"就他妈帮我找该死的保险箱吧。"

巴迪在走廊里对弗利说："他们要轮奸她。我们该怎么办，看着？"

莫塞尔坐在沙发上，一只手拿着香烟，另一只手紧紧拢住睡袍。一名警探等在门厅里打电话，她看看警探，看看站在面前的凯伦·西斯科。比起这儿住着白人的时候，今天家里的白人要多得多。

"我跟他说你那些事情和我没关系。明白吗？但他就喜欢吹他正在干啥干啥。他知道我不会告发他。但这次他要我告发别人。要是我真的这么做了，我知道我就完蛋了。明白吗？有两个白人和他在一起……"

"今晚？"凯伦说。

莫塞尔点点头，吸一口香烟，她想说得恰到好处，但又不至于说得太多。

"就这会儿，此时此刻。他们和莫瑞斯一起走的。"

莫塞尔停下，视线移向门厅，然后抬起眼睛又看着凯伦·西斯科。

"但他们不会和他一起回来。"她看着凯伦慢慢弯腰，靠近她坐在沙发边缘上。

"他要把他们留在那儿。"

她明白了。

"可以这么说吧。"

"你知道他们叫什么吗？"

莫塞尔摇摇头。

"没给我们介绍过。"

"你在跟我玩花样？"凯伦听上去很生气，不再像刚才那么和颜悦色了。"你这是在算计什么？你到底想跟我说什么？"她的眼睛里射出灼人的视线。

莫塞尔向后退。"我真的不知道他叫什么，不过最后莫瑞斯告诉了我。明白吗？然后我应该报告警察，说这个人是谁，去哪儿找他——就是那个有钱人的住处。好吧，我要是这么做了，那我这辈子可就毁了，说不定还要坐牢。但我要是不这么做，亲爱的，那我就得和这个世界说再见了。我想跟你说的就是这个。"

凯伦似乎放松下来，说："但为什么特别要告发这个人？"

286

"因为你们悬赏捉拿他，莫瑞斯要那笔钱。他希望——你要明白——就算这个人死了，警察也会付钱。"

莫塞尔走到沙发扶手边，在烟灰缸里揿熄烟头，感觉到凯伦·西斯科盯着自己。

"明白吗？这个人是佛罗里达的越狱犯。"

莫塞尔感觉到凯伦盯着自己，然后感觉到她站起身。莫塞尔抬起头，看见身穿长大衣的凯伦正在离开，已经走到了房间的另一头。

他们摘掉面具，把里普利的卧室翻了个底朝天：抽屉拉出来倒空，油画从墙上摘掉，扯掉床罩，划破床垫。

弗利和巴迪检查完了另外几个房间，站在走廊里观望。弗利说："你会把跑路钱藏在床垫里？"

"我的就放在衣柜里，"巴迪说，"太他妈扯了。这帮白痴最后连电视都要砸掉。"

"想走吗？"

"随时的事，"巴迪说，"但女仆和那个小伙子怎么办？"

"谁知道呢。"弗利看着坐在会客区沙发上的女仆和小伙子。他知道会发生什么，但不想说。女仆和小伙子直挺挺地坐在那儿，握着彼此的手，不敢动弹。肯尼斯就在他们旁边，从柜子里取出一瓶又一瓶的葡萄酒和烈酒，摆在调酒台上。

巴迪说："看得出你对这个没啥心思。"

"从来没有。"

"走之前，"巴迪说，"我觉得咱们得先搞定这几个白痴。"

弗利点点头。

"对，我看也是。"他扭头看着巴迪，"我说，不如你先走吧，这儿留给我收拾。"

"你什么意思？"巴迪皱起眉头。

弗利没有回答，因为他无法解释他的感受——这就是他这辈子的最后一幕，事情很快将会结束，他决定听天由命。在这个地方，而不是趴在某个监狱的围栏上。就像一九三四年，克莱德·巴罗，驾车驶过那条乡村小道，知道他将遇见那帮得州骑警，他对此无可奈何。你该怎么向别人解释这种感受呢？哪怕是对巴迪。巴迪已经够烦恼了，听他这么一说显得愈加慌乱。弗利说："你开上那辆货车，走得越远越好。"

巴迪还是皱着眉头，说："我不明白你在说什么，但咱们要走就一起走，不过我要先从肯尼斯身上拿到钥匙。"

他们听见莫瑞斯——他在卧室那头试衣服——对肯尼斯说："放点音乐。"肯尼斯在调酒台旁翻看CD架。

"他只有弗兰克·辛那特拉，"肯尼斯说，"还有小萨米·戴维斯，都是白鬼子的爵士乐。"

"就弗兰克·辛那特拉吧，"莫瑞斯看着落地镜里的自己，"弗兰克·辛那特拉还凑合。"

"嘿，妈的，这家伙有埃丝特·菲利普斯。"

"这就对了。放埃丝特。"

"《忏悔布鲁斯》。"

"看里面有没有《高个子约翰布鲁斯》。"

弗利和巴迪站在门口，看看莫瑞斯，看看肯尼斯。

"有，第十首。"

"放上，朋友。女人去见高个子约翰，牙医身高七英尺。"莫瑞斯说，左转右转端详镜子里的自己，好像只要转到一个合适的角度，这件大衣就能变得合身，而不是麻袋似的挂在他身上，袖管一直盖到指尖。"对，就是这个，高个子约翰对女人说她的蛀洞需要填补。"莫瑞斯看着自己，慢慢摇动脑袋，幅度很小，但对准了节拍。他在镜子里看见弗利和巴迪在门口盯着他。"你们怎么样？有收获吗？"

弗利摊开空荡荡的两只手。他转过身，白小子挤过他们走进房间，拿着橡皮筋箍起的一卷钞票。

"六百，在厨房发现的。"

"总算开张了。"莫瑞斯说。

"那是我的。里普利先生给我的。"亚历山大从沙发上站起来。

年轻人伸手去抓钞票，白小子把钞票举在离他头顶一臂高的地方。

"求求你，我需要它交学费。"

白小子说："哦，好吧，给你。"他把钞票伸向亚历山大，亚历山大伸手去接，白小子却又抬起胳膊，咧嘴对他坏笑，用另一只手挡开他。

"你连小孩的钱都抢？"巴迪说，"抢不抢老太婆？"

"能抢一个是一个，"肯尼斯随着埃丝特·菲利普斯摇头晃脑，"所谓抢劫犯，哥们儿，就是抢东西的人。"

巴迪抬脚就往卧室里走，弗利一把抓住他的胳膊。他们看着白小子戏弄亚历山大，对着亚历山大挥舞钞票，亚历山大伸手去拿，他就举起手臂。他们看着白小子揪着亚历山大的头发，把他扔进壁橱，锁上门。

巴迪挣脱胳膊，弗利说："别插手。"

"我做不到。"

"咱们去看看史努比。"

他们走到房间的另一头，看着莫瑞斯端详镜子里的自己。

"根本没有保险箱，"弗利说，"也没有发现现金或钻石藏在什么地方。"

莫瑞斯侧身打量自己。"仔细找过了？"

"格兰在做梦。"

"他妈的格兰，"莫瑞斯说，"唉，算了，能拿啥就拿啥吧。要西装吗？要运动上衣吗？地上那些，看上的随便拿，我没法穿。要鞋吗？这家伙的衣橱里至少有二十双。我穿嫌大。"他的视线越过镜子里的他们，吼叫道："白小子！货车里有些纸板箱？倒掉里面的狗屁东西，把纸板箱拿上来。这些葡萄酒和烈酒我们要了……对了，看看厨房，冰箱。看得上的都拿走。"

他们看见白小子在镜子里向外走，忽然停下，扭头看着他们。

"谁愿意帮我一把？"莫瑞斯说，"你们不想搭把手吗？"

"我们要走了。"弗利说。

"咱们都要走，很快。"莫瑞斯转身对白小子吼道，"叫上肯尼斯！"

"他不在。"

"妈的，他去哪儿了？"

"他带着红头发出去了。"白小子说。

弗利心想，这下可好。

市局和郡局的无线电警车沿着沃恩路一字排开，黑暗中暗沉沉的铁皮方块，天空阴云密布，无标记警车贴着雪堤和屋前墙根停车，封住了环形车道的两端。盗抢组的警探说了句"我去摸摸情况"便钻出警车。从市区来这儿的路上，他问了凯伦格雷兹惩教所的越狱案，他们基本上只谈了这一件事。盗抢组警探说他没听说过杰克·弗利。

一辆郡局警车旁站着一群人，盗抢组警探走回来，凯伦已经下车。他说他们在等克鲁斯督察长，督察长还没赶到。他们走到环形车道的入口，盗抢组警探指给她看停在大门口的货车。他说他们联了货车所属的公司，得知公司停车场少了一辆车，应该是昨晚被偷走的。

凯伦说："前门似乎开着。"

"对，"警探说，"一分钟前有个男人出来过，从车上拿了几个纸箱进去，随手踢上门，但门没关紧。"凯伦盯着正门。"雷蒙德马上就到。"警探说，"抽烟吗？这儿有墙挡着，没问题的。"凯伦摇摇头。他的打火机好一阵打不着火。他总算点燃香烟，抬起头说："喂，你去哪儿？"

凯伦沿着车道走向正门，右手在大衣口袋里握住西格绍尔点三八。

弗利看着镜子，像看电影似的见到了接下来发生的一切：

"肯尼斯就像牛蛙，见到能动的就要上去搞几下。"莫瑞斯说着左转右转端详镜子里的自己，摆出异常严肃的表情。他忽然停下，对巴迪说："朋友，你那是要干什么？"

弗利看着巴迪手里的短管点三八，枪口对着莫瑞斯。巴迪说："史努比，你们死定了。"

莫瑞斯说："你知道现如今，朋友，坏就是好。"巴迪上前几步，挥起左手，一拳打在他嘴上，莫瑞斯踉跄后退，撞在镜子上，一只手捂着脸站在那儿，眼睛里透出奸诈的光芒。

"你盯着史努比，"巴迪说，"我去找肯尼斯。"

弗利掏出大衣口袋里的贝雷塔，看见莫瑞斯的视线跟着巴迪走远，然后回到他身旁。莫瑞斯摸了摸血淋淋的嘴唇，看着枪口。他脱掉大衣，说："杰克，你不会用枪，对吧？"

"几乎没用过。"

"紧张吗？"

"有一点。"

莫瑞斯把大衣扔在地上，向前经过弗利走向大床。他拿起白色连体服，说："下这种套，你根本不清楚你他妈在干什么。实话实说，对不对？"

"对。"弗利说着抬起贝雷塔，子弹击穿莫瑞斯挡在身前的连体服，打在他身上。"所以我就想，冒个险也没啥不好。"弗利说着又开了一枪，他看见史努比血淋淋的嘴唇，眼神渐渐变得呆滞，看见他扔下连体服，听见衣服落在地毯上，某个口袋里装着沉甸甸的东西，看见史努比的白色套头衫的正中央渗出鲜血。他看着史努比一屁股坐在地上，接着向后翻倒，眼睛睁着，始终不肯闭上。弗利从连体服里掏出史努比的枪——还是一把贝雷塔——跑出房间。

他看见巴迪在走廊尽头望着这个方向，抬起胳膊等着他。巴迪说："双枪弗利。史努比怎么着？企图偷袭？"

"他有这个念头，"弗利说，"肯尼斯如果不是聋子，就肯定准备好了。"

"我要踹门进去崩了他，"巴迪说，"崩人，这事情我还从没做过。"

"你知道他拿着霰弹枪。"

"你贴墙站在门旁边，伸手转动门把手……明白我的意思吗？"

弗利把左手的枪塞进大衣口袋，背靠墙壁，看着站在门口的巴迪。弗利伸出左手，抓住门把手转动。巴迪踹开门，冲进去，霰弹枪轰得他飞出来，擦过已经跑到门口的弗利，飞过走廊撞在墙上。他看见他们光着身子在床上坐起来，肯尼斯拉唧筒上膛，米琪转过半身，抓起搭在床边的被单，转过身像渔网似的扔在肯尼斯头上，霰弹枪恰好响了，床单被点着了，弗利砰砰砰三枪打在他身上。

弗利看着米琪跳起来，拉开着火的床单，他看见了肯尼斯和他胸口的弹孔。

弗利到走廊里在巴迪身旁跪下，伸手摸摸他脖子上的脉搏，说："妈的。"他抬起头，看见米琪。"他死了。"弗利说。

她等了几秒钟，然后说："亚历山大呢？"

"壁橱里，"弗利站起身，"但你待在这儿。他们还有一个活着的。"

凯伦站在敞开的大门内。她看见门厅里扔着几个纸板箱，一个男人站在楼梯台阶上：是个大块头，拿着一把枪。大块头听见楼上传来枪声，突然停下，似乎不知如何是好。

凯伦盯着他，两人都在等待，倾听。

她听见外面有动静：匆匆忙忙的脚步踩着压实的积雪。一阵寂静，然后有人喊道："凯伦？"

她看见楼梯上的男人听见叫声转身，同时看见弗利出现在二楼走廊的开放式区域，从栏杆上看着她。她跑动起来，几步冲到楼梯底下，抬起西格绍尔瞄准转身看着她的大块头，说："警察。放下武器，否则死路一条。快，放下。"她看着男人笨拙地弯腰，把枪放在楼梯上，看上去怕得要死。她说："现在给我下来！"弗利在楼梯最顶上望着她。

他说："这是白小子鲍勃。真的，大家就这么叫他。另外两个都死了。"他顿了顿。"巴迪也死了。"

凯伦说："不许动。"

她带着白小子穿过门厅到门口，把他交给站在车道上的制服警察和便衣警探。她看见雷蒙德·克鲁斯站在壁灯下，她说："还有一个。能让我带他出来吗？"

雷蒙德犹豫片刻。"为什么？"

"我认识他。"

"是你朋友？"听上去吃了一惊。

"我认识他。"凯伦说。

弗利走到楼梯拐弯的平台上。凯伦穿过门厅，站在楼梯最底下。她看见他拉下针织帽，盖住自己的脸，此刻他戴上了滑雪面具。

她说："别犯傻，杰克——别。"

"假装我是其他什么人。"

"你认为我会对你开枪？"

弗利从口袋里掏出两把贝雷塔。"你要是不开枪，其他人也会的。我说过了，我是不会回去的。"

其他人已经在门厅里了，雷蒙德·克鲁斯和五六个警察站在她背后看着。

"你这是干什么？"凯伦说，"当亡命徒？放下武器。"

他把枪抬到大腿的高度，她听见背后传来声音，连忙举起一只手，但没有转身，也没有回头看。凯伦拖延了几秒钟，然后说："好的，杰克。"几乎是一声叹息，她单手端起西格绍尔，扣动扳机，他倒在楼梯上，扔下两把贝雷塔，抓住右边大腿。她转向雷蒙德，说："等一等，可以吗？"她跑上楼梯，来到弗利身旁，在台阶上坐下，轻轻地、慢慢地掀起滑雪面具，看着他悲伤的眼睛。

"对不起，杰克，但我没法对你开枪。"

"你已经开枪了，我的天。"

"你明白我的意思，"她说，"我希望你知道，我认为你这人很酷。我连一分钟都没想过你对我来说太老了。"她说："虽说三十年以后我恐怕就不这么想了。对不起，杰克，真的对不起。"

可怜的家伙，看上去那么痛苦。

早晨八点，凯伦打电话给老爸。"他们还没想好要不要告他谋杀。我猜应该不会。调查局对他下了拘捕令，所以等这儿的警察问完了，就送他回佛罗里达。"

"他们要是派你护送他就好了。"

"多半就是我。"

"和他在飞机上玩得开心，从你俩的幕间曲——你们管那个叫什么来着——被打断的地方接着往下演。然后把他扔进监狱。"

"他知道自己在干什么，"凯伦说，"没有人逼他抢银行。你知道有句老话怎么说，蹲不了监狱就别犯事。"

"我可爱的女儿，"老爸说，"坚强的好宝贝。"